心灵演奏

陕南瘦竹 著

陕西新华出版传媒集团

太白文艺出版社·西安

图书在版编目（ＣＩＰ）数据

心灵演奏 / 陕南瘦竹著. -- 西安：太白文艺出版社，2023.1

ISBN 978-7-5513-2271-3

Ⅰ. ①心… Ⅱ. ①陕… Ⅲ. ①诗集 – 中国 – 当代 Ⅳ. ①I227

中国版本图书馆CIP数据核字（2022）第195919号

心灵演奏

XINLING YANZOU

作　　者	陕南瘦竹	
责任编辑	党晓绒	
封面设计	阮　强	
出版发行	陕西新华出版传媒集团	
	太 白 文 艺 出 版 社	
印　　刷	安康市汉滨区文化印务公司	
开　　本	787mm×1092mm　1/16	
字　　数	210千字	
印　　张	14	
版　　次	2023年1月第1版	
印　　次	2023年1月第1次印刷	
书　　号	ISBN　978-7-5513-2271-3	
定　　价	48.00元	

序

　　我是以报告文学创作见长的业余写作者，虽然也写过古体诗、词、赋、楹联、现代诗，但多是因为某种需要，抑或是一时间来了什么兴致或蹦出什么灵感，才偶一为之。写出的数量不多的现代诗，基本是重在抒情、一韵到底、明白晓畅的朗诵诗，而对于那些朦胧的、不太讲究押韵的新诗，只是读过一些，没有尝试创作，更谈不上研究。因此，当现代诗创作成果丰硕的叶柏成（笔名陕南瘦竹），邀我为其诗集《心灵演奏》作序时，我着实有些诚惶诚恐。却之不恭，那就以老乡文友的角色，谈一点印象，做一点评介吧。

　　出生于农村、随母亲在乡村长大的叶柏成，当民办教师的母亲就是他写作最早的启蒙老师。他的第一学历只是紫阳职中，大学则就读的是西安乡镇企业大学机电系，与文学艺术相去甚远，但是，这与他有没有文学细胞和艺术天赋是两回事，也不妨碍他摘取"文学皇冠上的明珠"，不妨碍他成为中国诗歌学会会员、陕西省作家协会会员。最幸运的是，他有一个作家、评论家的胞兄叫叶松成（笔名叶松铖），他能经常向哥哥请教，与哥哥一起聊文学、探讨诗歌表达技巧。哥哥叫他多看名家名作，给他的作品提出不少修改意见。正是有这个得天独厚的优势，他才得以于1990年在《安康日报·香溪》副刊发表了处女作——散

1

文诗《生命进行曲》之后，诗歌创作渐入佳境。他和叶松成被圈内称为"叶氏兄弟""兄弟作家"。虽然长期在乡镇供职，工作繁忙，但是他信念坚定、学习勤奋、追求执着，在搞好本职工作的前提下，辛勤耕种自己的"一亩三分地"，并且收获多多。我在《安康日报》等新闻媒体上经常见到他的作品，虽然也有诗歌，但更多的是新闻报道——那是他作为一名业余通讯员的职责所在。

叶柏成的诗作屡屡发表于《星星》《世界日报》《中国建材报》《诗选刊》《散文诗》《检察文学》《青海文学》《黄河文学》等报刊，只是诗歌作品的发表，文学圈外的人不易看到而已。他长期在一个地方"站桩"，像一棵树，把根须深深地扎进泥土吸收养分，枝干却遥望着山野和星空，坚定地向上挺立，博采着七彩阳光。因而能在贫瘠而肥沃的土地上，默默地倔强成长，自成一番风景。他游走于政务、新闻、文学之间，自然地转换思维方式、工作方式、表达方式，在创作领域自由地徜徉，取得骄人的成绩，多次被县委宣传部评为优秀通讯员。诗作也频频被选入《长安风诗歌十人选》《当代诗歌100人选》等诗歌选集中，多次荣获省、市、县诗歌优秀奖，2020年在全国纪念汪国真诗歌大赛中荣获二等奖。作为文学同人、地道老乡，我常常为他的进步和文学成就，包括"兄弟作家"的誉称感到光荣和骄傲。而他则说，自己的这点小小进步与哥哥的帮助直接相关，自己与哥哥相比还差得很远。

辑入《心灵演奏》的150多首诗作，不能谓之字字珠玑，但是大多在市级以上报刊和网站发表过，很多作品可圈可点。

《泪珠的独白》是这样写的：泪珠把过程沉入旋涡/在比黑夜更黑的时间里/丛生出刀子一样闪亮的白发/情节是霜打的茄子/每一粒疼痛/都在潮湿里泛滥成灾/从某一个断

句上突然转身/辨识骨头的软硬程度/烟云抹去了悲伤的羁绊/好运气总是在磨砺中纷纷醒来/几滴泪痕催开冰雪的花朵/绽放兴高采烈的欣喜/一些胜利/从雷霆霹雳的夹缝中/突围归来/一些骄傲/绝处逢生。

表面看来，此诗写的是泪珠及其诉说，实际是写人，描写人的至暗时刻和痛苦，以及"疼痛"对人的考验（"辨识骨头的软硬程度"），描写人面对厄运、挫折和磨难的奋起、坚强、"突围"，描写人的好运、凯旋、欣喜、骄傲，以及人生哲理——绝处逢生："好运气总是在磨砺中纷纷醒来/几滴泪痕催开冰雪的花朵/绽放兴高采烈的欣喜"，"胜利""从雷霆霹雳的夹缝中""归来"。将情、景、理融为一体，比喻贴切，形象生动，思想深刻，给读者尤其是那些境遇不佳、命途多舛、屡遭挫折的人以启迪、鼓舞和力量。

再看《九月的乡愁》：九月/秋雨作序/凄寒加重了抒情的韵脚/那些移居幸福的人/离泥土很远/离天空很近/高高的楼房昼夜把挂牵/摁亮/一棵白菜/三两行葱蒜/却无法在三室两厅/让乡愁/安身立命。

不知那些从乡村移居城市的人读了此诗是否产生情感共鸣，反正我这个乡里来的城市人、"移居幸福的人"是被触动了，尤其是在这个秋雨绵绵的季节，觉得此诗写到了我的心坎上。我的老家虽然在农村，但是长期的机关生活、城市生活，已经使我"离泥土很远"；虽然仍然在脚踏实地地做事，但是社会底层的人可能认为我是高高在上的，住着"高高的楼房"里的"三室两厅"，"离天空很近"；不乏闲情逸致，在阳台上养着几盆花，甚至种着"一棵白菜、三两行葱蒜"，但是，乡愁却无法"安身立命"。我经常到乡下寻找乡愁、怀想乡愁。乡愁是一棵没有年轮的树，永不老去；乡愁如一片枯叶，轻轻地飘入我的心田；乡愁是天空那绵延不绝的雨滴，如缕如丝，剪不断，理还乱；乡愁像一杯咖啡，回忆起来有苦有甜。在我国城市化的进程中，有多少人具有这种心理感受呢？如果有，那就投入方兴未艾的乡村振兴的洪流中去吧！这首诗不仅描写了一个群体的幸福生活及思想情感，而且从一个侧面折射了时代的变迁和某些矛盾。

金钱橘是紫阳的特产。叶柏成饱含深情对其进行了歌咏。在《家乡的金钱橘》里，作者先描写了它生长、成熟的过程："家乡的金钱橘/让我用一枚铜钱/说出你饱满浑圆的形状/用孩子的欢笑/说出你可爱的、胖嘟嘟的脸庞/春天里的雨水/浓缩你酸涩的诗行/夏天的雷霆/过滤你蜜汁的辞章。"再写农民务橘的辛劳和对收获的期冀和喜悦："从父亲的皱纹里，播种葱郁的希望/从母亲的眼波中，飞翔丰硕的向往。"（"父亲""母亲"应是农民的代表）再赞美金钱橘，并指出柑橘产业是农民脱贫致富奔小康的希望："你吐纳绿水青山的珠玑/你高举秋天金色的小太阳/为所有黑夜吞没的路径/指认通往黎明的方向。"此诗构思精巧，层层递进，语言跳跃而圆融，富有张力，感情深沉，意境宏阔。

还有《思月》《在陕南》《一棵棵玉米同我的欢喜看齐》《桥儿沟，我把一首诗丢在那里》等诗作，也都值得阅读、咀嚼。

叶柏成是一个优秀的诗人。现代诗的形式是自由的，内涵是开放的，意象经营重于修辞，有高度的概括性、鲜明的形象性、浓烈的抒情性。优秀的诗人不仅仅追求诗歌的意象、技巧的纯熟、隐喻的创新，更需表达出对于所居世界的态度，对芸芸众生所经历苦难的真挚关怀，对生命的领悟和生活的坦然、坚强、智慧。作者已经付出了努力，获得了丰收。

诗人叶柏成还在继续摘取"文学皇冠上的明珠"。希望有更多的人阅读《心灵演奏》，也希望叶柏成向人民奉献出更多的精品力作！

曾德强

2021 年 11 月 8 日

（曾德强，男，陕西紫阳人，中国作家协会会员，陕西省传记文学学会副会长，陕西省书法家协会会员，安康市关心下一代工作委员会秘书长。著有长篇报告文学《中国之痛》《脚上有路》《巨变》等。）

目 录

第一辑　情愫涌动

第二辑　自然吟唱

第三辑　思索之光

第四辑　颂咏故乡

第一辑　情愫涌动

无处不牵挂
——写给女儿

我知道我的诗歌劝慰
它没有名人的效应
而我对你的牵挂无处不在
就像蓝天牵挂着白云
夜晚牵挂着月亮星星
这司空见惯的比喻
是源自你爷爷奶奶那里的传承与弘扬
穿透时间黄金打造的铠甲
流淌热血的体温
那一种爱古老而又年轻
有菩萨的禅意和神奇
尽管你满不在乎
我还是要说
不要让不良的嗜好
拿捏你一生的命运
你的眼睛，你的智慧
都是因向上的阳光
进入硕秋

这个晌午

这个晌午像一块烙得焦黄的锅盔
蝉声太辣了，鸟声又叫人犯困
我必须借助清汤寡水的稀饭
和凉拌脆生生的黄瓜
才能让这段有气无力的时间
张嘴咽下

父亲的节日（组诗）

父亲的节日

父亲在世的时候

还没有父亲节这个词的概念

只知道他的生日

总会在我们馋嘴的时候提前

父母打着堂而皇之的幌子

埋藏好清贫日子的苦涩

让寡淡的生活散发一缕浅淡的芬芳

让我们享受一回没有愧疚的愿望

后来走上社会

一直害怕陪父亲过完每一个生日

他新添的白发常常让我告别的脚步

灌满铅块的沉重和疼痛

他越来越弯曲的脊背

常常让我畅快的呼吸遭受缺氧的折磨

现在父亲已经驾鹤登仙

每一次缅怀都是他的节日

他的节日是我满眼冰冷的泪花

他的节日

是我喉咙里卡着的一根拔不出的刺

胡须上的冰霜

父亲沿着清瘦的岁月
走出山里汉子特有的刚毅
他肩扛锄头
把冰冷的岩石敲出绿汪汪的春天
父亲只用了仅有的一粒种子
撑起了一个塌陷的家
只是他胡须上挂满的雪霜
到死都没有落下

清明祭父

这个节日
父亲带着旱烟味的称谓
穿过三月朦胧的雨雾
依然浓烈，呛人的气息
令鼻孔阵阵泛酸
扎伤了凝视的双眸

父亲端坐成一堆石头
一座隔着怀念的坟茔
他沉默的语言，却让我们心照不宣
一如他生前面对人生遭遇的每一场劫难
总是三缄其口，不动声色
坦然地将层层惊险——拆解

父亲的背影

父亲走的时候
在一个清冷的早晨
父亲不想打扰乡亲
带着他一生
消瘦褪色的背影
悄悄出门
爬上了从小劳动的山坡
同爷爷的爷爷们一起
过上了野草般的生活
这一年
时间开始结霜
房子显得很空旷
父亲留下包裹烟草的手帕
呛得我们掉了几天眼泪
母亲突然口吃的叮咛
始终填不满一个家庭的缺憾

在疼痛中呼唤父亲

这么多年，对父亲的怀念从未在岁月中消失
常常把他赐予我的爱，用充满感恩的方式
搀扶起柔弱者肩膀上下坠的朝阳，并用血做成灯油
把白雪覆盖的年龄，一一点亮
尤其，在遭遇生活与精神上疼痛的时候
呼唤父亲的名字，总能听到硬朗的骨头敲击的铿锵
从四面八方汹涌出共鸣的交响

为走失的孝道高亢出传统的合唱

父亲的旱烟杆

白驹过隙，父亲的面容
成为一个潦草，与速写的印记
日子推搡着一个日子向前走着
混乱，模糊，失眠，
高血压，脑梗死，前列腺炎
让健康的坡度陡得更加厉害
父亲从暗灰的梦境中突然现身
他的肖像在淡远的段落里朦胧
唯有那支古铜色的旱烟杆
烟火闪烁，把黑夜钉满锃亮的钉子
挂满锄头镰刀，与收获栽种的粮食
父亲有滋有味喷吐出生活的烟雾
把暗晦的岁月烧出一个个透明窟窿
那一缕缕熟悉的气息
扶起了我身上倒伏的每一个毛孔
一种追忆，高过了经年的疼痛
一种灵魂，跨越了亘古的时空

又是重阳

又是重阳
那些故人拥挤着
从弯弯曲曲的山路归来
占据了梦的高处
我的一个夜晚

栖息着一群黑乌鸦
让这个节日里
又一次无家可归
一些怀念，铺上灰霜
一些笑容，纷纷苏醒

登　高

此时适合登高
适合遥对远方的朋友
捎去吉祥的祝福
希望都会有九九归真的答案
野菊花开成旺旺的火焰
一切萧瑟暖成一个个回望的灯盏
而月光将从前的细节，白了一地
夜深处，有离人的敲门声响彻梦里
碎了一些写满故事釉色华美的瓷器
插在日子重叠上的茱萸
缀满湿漉漉的悲喜

从母亲眼里飘来的火焰（组诗）

从母亲眼里飘来的火焰

远走天涯
藏起忍痛断奶的乡愁
我用变形的手指
把江湖的门敲出一个小孔
流淌的细流
依然没有冲开我骨头上
霜降的清贫
我裹紧身上唯一一件棉袄
看见精致的针脚
正用千丝万缕的挂牵
调节我遭遇冬天的体温
从母亲眼里飘来的火焰
让我想到了飞

粉笔灰中的哀伤

我的母亲在粉笔灰里
开出耀眼的桃花
也在粉笔灰里

写下自己洁白的悼词

在铃声敲打的日子里

我知道她的头发是怎么白的

在夜晚一束概括黑暗的灯光里

我知道天是怎么亮的

从头发上飘落的雪霜中

我看到母亲的田园

拔节出此起彼伏的歌声

唱响了一个红彤彤的中国

从眼眶中抽取的血丝里

我看到朝霞映红的天空更加辽阔

在飞逝的岁月里

一颗流星划过浩瀚宇宙

是她走过的光芒

至今被千万个学子

用内心的虔诚

摄下了珍贵的镜头

珍存下难忘的情景

母亲，如果能够把您哭回

母亲，我哭我的悔恨

二十多个春秋的养育之恩

您始终把我像孩子一样

疼爱、呵护、关怀和牵挂

而我却没有给予您一丝一毫

五尺男儿应有的荣耀

与孝顺的回报

我恨您走得太早

我恨自己把握命运的方向太迟
迟到不曾给您买一包糕点
半斤白糖
母亲，我哭我的悔恨
哭您隐忍十月的怀胎
与分娩的阵痛
让我吸着您的乳汁
吸着您如花般娇艳的青春
来到这个谱写未知的世界
我的到来
为您添了一段苦难
刻上一道道皱纹
写了一本蹉跎中的沧桑
增加一份清贫里的重量
母亲，我是您省下的欢笑和余粮
是您从邻居大娘怀里讨来的
香喷喷热乎乎的奶水与厚道
而我所给予您的是早生的华发
是佝偻的背脊，是病痛一生的煎熬
是折磨您一生的不幸与哀伤
是早逝的噩耗、人生的空茫
母亲，如果能够把您哭回
我甘愿哭一千次、一万次
直哭得天昏地暗、日月无光
直哭得海枯石烂、地动山摇
直到哭干泪水、哭瞎眼睛
母亲，我朝思暮想的母亲
您还能够像二十年前一样
回来看我一眼吗？

哪怕是在只能怀念的梦中
或者祭奠的叩拜里
能够再看到您如昨天般阳光的笑脸
是我今生最大的祈盼

刻进碑文里的母亲

喊一声母亲

五月的雨水淋湿了抒情的韵脚

阳光嘹亮的高腔

被风的剪刀，剪出一串颤音

穿越骨髓的记忆

沉浮着经年的药香

一豆灯火，闪烁昙花一现的灿烂

您走进一张放大的黑白相片

让清瘦的日子开始脱发

疯长出胡须的森林

每一片叶子都写满怀念

白驹过隙

刻进碑文的母亲

矗立起一本坚硬的传世家训

在踏冰卧雪的某段时间

递进冲天的火焰

唤一声娘亲

这世间，菩萨似乎是无所不能的神仙

而母亲，就是所有菩萨的代名词

母爱浩荡，如山如海如宇宙苍穹

我们都是她怀抱中飞翔的鸟兽、游荡的鱼虾
喊一声母亲，就走来了太阳月亮
唤一声娘亲，伤痛就开始慢慢退潮
脆弱就长出松梅竹旺盛的形状
从绝境中磅礴的坚毅与刚强
都是母爱输送出的源源不断的能量

生　日

生日这天
我想到的不是我的出生纪念日
而是娘的受难日
当暮色降临的时候
娘是一枚秋风采摘的叶子
在生的树尖战栗一首歌谣
我离开娘的子宫——
那是世界上最高贵的房子
她有着神圣的灵魂
高昂的青春
那房子密不透风
把娘的眼睛当成了
白天与夜晚的窗子
娘用血肉做成墙壁
让我住在里面吸吮着营养
吸吮娘的精气神凝结的骨血
用近十个月的时间酝酿我与世界的签到

中元节的祭奠

每年农历七月中元节
桌椅碗筷们都开始忙碌
酒盅荤素菜肴们寂然无声
它们用各自的崇敬，摆好了位置
等待我净手、焚香之后
把墙上的照片里的母亲
毕恭毕敬地请回尘世，和她爱过的家什
喊着我的乳名，一起过节

不敢过多地怀念母亲

真的
不敢过多地怀念母亲
每一次怀念，就茶饭不香
生活中的偶尔碰壁
一不小心，就想起母亲说过的那句话
像一个成语
记下亡羊补牢，为时不晚的期望

真的
不敢过多地怀念母亲
每次怀念，两鬓上就多了一层灰霜
用旧的时间，暴露了失去的凄凉
而当我以祭奠的方式
点燃火纸，跪入风俗的哀伤
恍惚中，看见母亲的面容

比我的哀伤更加惆怅
她的眼神如一根坚韧的鞭子
不停地抽打着我，向着季节的田野
追赶五彩斑斓的荣光

秋天里的母亲

秋天里的母亲
有着秋水般的眼神
徜徉在视野里的醉人的景象
是她汗珠里分娩的一片风光

秋天里的母亲
伫立成一株成熟的苞米
她的背影躲避过来往的风
举起收获的小太阳
让脚下的泥土散发自己的清香

如今，母亲早已离开了她的秋天
而年年金秋的田野
都会举行一场丰收的
仿佛一次神圣的祭奠或叩拜
从一粒粒饱满温馨的粮食里
我看到更多的母亲
从农谚中纷纷苏醒

表　妹

表妹刚出去打工一年

就从说话里带回一个半生不熟的广州

那熟悉的陕南方言土语

已在庄稼地上注销了户口

姨妈的表情阴云密布

女儿嘴里蹦跳的生疏她听不懂

不懂的还有她这个女娃

浑身的海鲜味儿

呛得人不停地咳嗽

从房顶飘向远方的炊烟

就这样轻淡了

当女儿三天后返回城市的时候

姨妈把与她常在一起眺望远方的桂花树砍了

记忆中只有一个声音不停唤娘

把她的内心叫成了一张白纸

唢　呐

三叔用一支唢呐
吹香一朵花的心事
三婶害羞的笑脸
红透了他踮起年的脚
摘取的果实

三叔用一支唢呐
吹白了一场凄婉的分离
爷爷像睡不醒的样子
淹没在密集的泪滴里
一颗心碎成一地玻璃

唢呐只有一个进出孔
却演奏出一曲曲声色各异的调子
叫人欢喜
又叫人惊惧

外婆的小脚（组诗）

外婆的小脚

一条扯不直的小路

捆绑着外婆一生的归宿

外婆用一双古旧的小脚

把小路分割成季节的段落

春天的山坡开满外婆梦的花朵

夏天的蝉鸣一遍遍朗读外婆田野的葱茏

秋天的枝头缀满外婆汗水浸润的硕果

冬天的严寒聚拢了外婆暖家的炉火

外婆用三寸金莲踩出千里惊喜万里祝福

她用藤蔓一样的攀爬缠绕

使石头一样坚硬冰冷的日子长出翠绿

冒出故乡生生不息的烟火

彰显一个村庄矗立在农业上的光荣

如今外婆早已变成一堆黄土

簇拥她的是岁岁年年不老的青草

在风雨中频频向她招手点头

拐杖响起

最开始
我相信雄鸡打鸣
喝退了纠缠的夜晚
后来
我相信是奶奶的拐杖
敲醒了一个鲜亮的早晨
拐杖奏响有节奏的音符
顺着音符
我的爹娘在田间地头
放牧嫩闪闪绿葱葱的歌声
收获庄稼人金灿灿的专辑

后来
奶奶的拐杖停息在一缕白发里
可那清脆有力的拐杖声
早已在爹娘的心里
变成一尊遗传的钟表
准时响起

外婆把厚重的黑夜焚烧成一个透明窟窿

外婆的三寸金莲
美出一个时代女性的阵痛
一个禁锢的社会
让外婆行走出扭曲的自由
青黄不接的岁月里

外婆也一脸的天朗气清

她怀揣着一颗小小的太阳

用野菜树皮酝酿快乐

用优雅昂扬的紫阳民歌

消减荒芜的苦愁

迎来满山坡石头们的合奏

在劳动的段落中

外婆总是用一个个典故

激起乡亲一次次汗珠飞溅的希望

贫困交织的生活里

外婆大口大口吞咽下

风声雨声雷霆之声

她总是把心情调理成春天的样子

用亲情治疗我们的哀伤

黄昏中

外婆的身影裹挟着火焰刀锋

把傍晚弥漫成厚重的黑夜

焚烧成一个透明的窟窿

思念是一捆受潮的干柴

春天绽放的季节
蜜蜂吻红了桃花烂漫的心事
我的思念是一捆受潮的干柴
冒出等待你的浓烟
你来
就充当了一桶汽油，一根火柴
将我的激情
一点就燃

姐姐的花朵

在清明的枝头

盛开姐姐的花朵

灿烂，明艳

是她告慰我们的留白

不管是桃是李

它们总是在思念中

绽放一个节日的内容

一份传统中的坚守

面对清明

对英雄的哀悼与亲人的祭拜

在春天返青抽穗

更多的诉说

化作年年岁岁

岁岁年年的春雨

从《诗经》中，喷泻而出

抚慰中国人骨头上的伤口

三点半的时候

三点半的时候

窗外，细雨下得人越来越慵懒

房内，妻的鼾声咬文嚼字

令我安静的思绪

患上孩子多动的症候

浮躁游移，大脑中酝酿的风暴

在闪电的伤口

突然拭干了云雾的泪涌

一些葱郁的意境干涸了曾经的感伤

当我一边煮饭一边营造

一首诗的出处时

偶然的停电

把刚刚淘洗几遍的字词

弄得半生不熟

饮下一杯浅浅的秋风

饮下一杯浅浅的秋风
阳光的野性变得驯服
通往远方的路上
簇拥起蜗居的骨头
雨水调和出满足泥土的口味
乡亲们拥挤在一辆辆回乡的车上
呼喊着递烟泡茶
奶奶摁下开关
把黑得太早的秋天
点亮

别

那一年
满天空的雨水
打湿了星星们的眼睛
远山的黑屏风
挡开突然软了身体的风
呜咽声像打足气的篮球
弹伤了晴朗的表情
幽暗飘忽的烛光里
干燥了母亲的容颜
喊不醒的孝道
在我的呼吸里
战栗着逼仄着
时间隔着从前和今后
自此，空出的情愫
患着心痛

跳舞的女人们

那些在广场上跳舞的女人们
她们不等黄昏的太阳交班
就站在各自的位置
把暗下来的时间
舞动得鲜艳夺目
星星们痴迷在她们的魅力里
望酸了双眸
她们把缩水退潮的青春
硬是用一贯的曼舞
拽了回来
优美灵巧的舞姿
演绎出走失的葱郁
她们拿捏有度的动作
把握分寸的收束
让自己的岁月
在霜降后返青
也让长满老年斑的生活
在运动里美容

带着半个月亮送你上路

在今夜
我将带着半个月亮
送你上路
用皎洁的月辉洗净你凡尘中
飞溅的泥浆与污垢
用沉甸甸的亲情
抚摸你　安慰你
一双儿女失去父爱的疼痛
兄弟　你走了
今夜我带着泪水的千斤重量
送你上路
每一滴泪珠都有滚烫的温度
在天堂，你与日月为伍
是否找到人生通往光芒的良药
治愈你灰暗经历中感染的伤口

唤　醒

年龄覆盖上冬天的积雪
膝盖上强劲的阳刚，松弛了下来
许多走远的记忆，需要靠一杯杯浓酽的茶
唤醒情节上的部首偏旁
亲人们盛开成雪白的茶花
一缕缕苦苦的清香，拉扯着沉沉的思念
有关耕读传家的古训，还闪烁在父亲昼夜的烟斗
擦拭骨头上落满的一层冰霜

抒 情

中年以后的情愫
虽有些四面透风，骨质疏松
但当我们爬上日子的黄鹤楼
那些写在传统里的恩爱
依旧"极目楚天舒"
岁月的雨水白霜
洇湿了被褥里浪漫的云朵
一首情诗从唐宋吟出
你在我铭记的诗行中自由穿梭
每一个组成的词语
都是我呼吸的宇宙
沿着沉淀的朝夕
内心已熄灭了年少的风暴
用朴素的陪伴
吐纳日子的光亮

一粒汗珠概括了丰收的诗行

这个季节
父亲弯曲的脊梁
扛起了绵延的河山
一把锄头碰撞出久久回响
大片的田野
被风雨翻阅成一页页金黄
鸟鸣声抬高了　天空的蔚蓝
铺开了粮食兴高采烈回家的路
一粒汗珠概括了丰收的诗行
从父亲摁痛的掌纹里
我听到大地深处共鸣的乐章
每一枚音符
都是庄稼蹦跳的欢笑

隔离的心态

隔离的心态
不急不躁，襟怀坦荡
是大哥处变不惊的写真
他说隔离是为了自己的安全
也是为了他人的平安
被隔离的大哥，心静如水
修辞在他的大脑里抽穗
新绿在他的血管里发芽
他用一种沉默的方式
与书籍品味纯粹的阳光
用他手中的键盘，把无声的时间
敲击出悦耳的交响
以一个中国文人的方式
为庚子鼠年立传

在 病 房（组诗）
——致妻子

在 病 房

在病房
白色的房子
白色的墙壁
白色的床单
涂染了我白色的心事
浓浓的药水味
隔开了一个喧闹的世界
生活在放大的呻吟中
突然暗淡了活着的光线
我用立体的疼
一声声唤你
用草籽的抚慰
紧紧拽着厄运的七寸
小心翼翼地捧回
悬在游丝上的一个平凡人
最不简单的幸福
在大大小小吊瓶的滴答声中

时间在血丝网着的眼神里
慢慢开春

用活着爱你

我不会
对你一直说甜言蜜语
说多了你会患上糖尿病
血脂也会增高
我对你的感情
就是平民化的衍生物
不典型，也不浪漫

在我卧床不起的时候
一定要打通厚厚的鬼门
给爱情夺回一条生路
用活着爱你，才是真理
用我的，你听惯了的呼唤
把爱喊出一脸热泪

相知的子弹把万水千山击穿

亲
虽然现实的爱情没有神话里浪漫
天河都在你我的预料之外
七夕的相聚也不会天天兑现
但咱俩的祝愿早已拴上了一根红线
相知的子弹会把万水千山的阻隔击穿

一个网上视频
就让我们顷刻相见
一个手机短信
我就读懂了你的誓言
亲
虽然这个时代
情感像泡沫一样泛滥
金钱可以让灵与肉一夜交换
畸形的胎儿坏死得太快
而风雨中诞生的灿烂
始终经得住雪霜的考验

那一天我举不起自己晴朗的天空

那一天，我举不起自己晴朗的天空
你的病痛止住了我一日三餐的饥饿
却让我的焦灼、心慌，六神无主
呼天抢地，放逐流浪，无处收留
时间比发丝细，承载不了我二两重量
一个大男人，多出小女人数倍眼泪
所有的道路，仿佛被泪水淹没
直到手术刀闪烁出一道大佛般的光芒
我头颅上悬着石磨似的乌云，才灰飞烟灭
我的爱人，我的伴侣，我打开所有幸福的钥匙
那时候啊，我看到世界上最美的太阳
在凌晨三点二十一分三十秒
在你睁开眼睛的刹那

写 你

写你

我把眼睛写成了茫茫大雾

写你

我把背影写成绷紧弦的弓

写你

我把身体写成空空的口袋

装下千万斤痴恋

挪不动方寸之地

时间已经丢盔弃甲

秋冬荒芜了通天的路径

而你是我写出的春夏秋冬

开花结果都由你裁决

用我炽热的体温包裹你巨大的冬天

我知道，在这个季节

即使你穿成一只笨拙的企鹅

也会瑟瑟发抖

孤独在你身上逐渐放大

相聚在你身上慢慢缩小

看一张照片，就是一个满满的晨昏

而我就在这最恰当的时候

为你递一束思念的光

用我炽热的体温，包裹你漫长的冬天

让你的愉悦，幸福

在死寂里纷纷孵化

相　思

相思带着浓郁的土腥味

蹦跳情感的绿蚂蚱，与蛐蛐的清唱

一缕定格的炊烟，摄入特写的目光

让喉咙中憋闷的方言，坐卧不宁

那些户籍，擦干净了鼻涕

那些身份，氤氲出铁锈钢筋的气息

与板结的泥土背道而驰

而时间是一剂思念的汤药

月亮充当了热性的药引

让搁置太久的牵挂，撒落一地灰霜

风　暴

我一直相信娘不是凡人
她身上藏着无数个小太阳
在我孤独无助的时候
总会恰到好处地冒出火焰
是那些四面八方刮过的风暴
撞开了我幼年甜软的故事
我粉嫩的肉体筛落一地疤痕
是娘伸出灵巧的手臂
摁亮我身上多处熄灭的星光
让我晦暗的健康逐渐亮堂
娘又是一个普通的人
她稀释了我半生的风暴
却被另一场突袭的风暴绊倒

承　载

剔除虚词与感叹

剩下故乡的地名

父亲在风雨横行的洼地

让自己的岁月

茁壮五谷的偏旁

在雷电发出三番五次的号令声里

父亲把自己的履历

行走成一长一短两条残腿

而他依然用一双平衡的目光

把人生同常人看齐

常常，在冻僵的土地上

父亲与蚯蚓称兄道弟

为老茧上的庄稼

扩充农业的版图

致一位手术医生 (组诗)

致一位手术医生

那个叫熊大夫的主刀医生
至今我没有见上一面
只是在照片上，看到他自信的微笑
滚动着万里春光，一路花香
只知道，他手里握着的一把手术刀
摘除了盘踞在患者身上的魔鬼
赶走了占山为王的喽啰，死神，虾兵蟹将
在一把刀里，他迎接着自己千钧一发的黑夜
在一把刀里，他擎起痛苦者复活、苏醒的早晨

致一位年轻医生

在新城医院，那个叫淳化的年轻医生
他的办事效率，可以比得上宇宙飞船
涌动的亲情，散发出消炎水氯化钠葡萄糖的味道
在新城医院，他的名字充满着为人的良知加厚道
他的微笑，有温暖的力量
写满尊重与友谊，偌大一个单位

他用随处播撒的真诚
把大家团结得像兄弟姐妹一样亲密

致一位年轻护士

我没有看清她的容貌
只记住她口罩上方一双明亮清澈的大眼睛
像月亮在秋水中荡漾
只记住她的笑声，其实也是一贴患者的止痛膏
那个叫王苗的姑娘，她扎针的手法与技巧
就是点滴流经血脉的温柔抒情和贴心的呵护
此时，我诗歌的三言两语
怎么可以称量出一个白衣天使对工作的热爱
对生命至上的责任担当

盲　眼

眼盲以后
二婶看清了自己
也看清了世界
她再也不像明眼的时候
盲目地摔跤
盲目地怨天尤人
她的盲眼充满着光芒
她与风聊天
她同雨谈心
她熟练地揪住黑暗的尾巴
很快找到生活中躲藏的太阳
她每天做着普普通通的事情
并让那些事情
长出常人稀缺的掌声和荣耀

始　末

大风扔出一根皮鞭
将故事的情节
抽打得面目全非
当尘埃落定之后
证据揭开真相的面纱
一些恶毒被因果验证
一些私欲被道德鞭挞
一些善良写进了《孝经》
一些勇敢被忠诚认领

幺舅

三月的风，把桃花扯落一地
惊心的红，像点点凝结的血液
一滴滴，添加着焦灼的疼痛
我沸腾的话语
搬不动压在幺舅心中沉重的石头
他的微笑闪烁着男人少见的泪花
他吃着饭菜，如同咀嚼难以下咽的药渣
一场大病像一把锋利的刀子
削薄了幺舅日渐消退的健康
在他苍白憔悴的凄怆里
我已听到落日倒下的声音

一场雪覆盖了她高贵的头

几件隐忍的事情
是扎在母亲心头的刺
揪落了她几缕乌黑的秀发
从此欢乐无家可归
风干了青春的花香
一场大雪提前来到
覆盖了她高贵的头
她半生的年华
凝结成圣洁的高峰
或干净的纸张
空出的留白
是一篇无字的文章

话　题

多年以后
阴阳两隔的话题
还是那么沉重
爬满苔藓的墓碑
与爷爷奶奶有关
与父亲母亲有关
火纸焚烧着思念
青烟缠绕着牵绊
把一个个晴朗的节日
呛出一脸眼泪
半盏淡酒
就叫人醉在雾里梦里

第二辑　自然吟唱

春 天 帖（外一首）

风打了个呼哨
吹化了漫山遍野滞留的残雪
树叶们紧抓时令
争先恐后发表洋洋洒洒的大块文章
桃李们盛大的集会
把寡淡的空气熏出清香的层次
鸟儿们掀开季节的帷幕
将久违的爱唱出段落、高潮
河水在渐渐丰腴中
找到冬眠的快感
而那些熟视无睹的小草
正悄悄卸下枯黄萎靡的伪装
抱紧从唐诗中传承的一截骨头
唤醒子孙的破晓

春天在我们的掌心发亮

最后一场飘雪
融化了冬天挣扎的僵持
遍地吐出嫩绿的抒情
小山羊的一声咩叫

比青草更加鲜嫩

从一丝丝甜润的雨里

弹出柔软的新枝

颤动一个季节回暖的标记

微风十分含蓄的低语

红了花朵羞答答的一腔心事

打开紧闭的门窗

倾听田园期盼的脚步

从一个个农夫耕耘的背影里

我看到一个旺盛的春天

在我们的掌心里发亮

秋的格言（组诗）

秋的格言

拉开秋天的窗帘
在蝉鸣的尾音部
秋风温婉，抚平烈日的亢奋
这个节点，粮食与果实的丰腴
撑圆了大地的子宫
桂花缀满繁星
石榴和枫树披一身大红
向山川表白情有独钟
松柏竹一直沿用不变的格言
宣誓一生的本色不改
杨树红椿梧桐
虽铅华褪尽
却有着比冬天还孤寒的虎胆

我在秋天为你准备一些雨水

我在秋天为你准备一些雨水
尽管阳光多么重要，温暖必不可少
雨水让你惆怅彷徨

可它是一把梳子，把你潦草的思想
梳理出清晰鲜明的文章
为你吟咏的诗行断句、充当标点符号
给你的字词增添弹性与质感
我在秋天为你准备一些雨水
把你从低处赶向高处，与太阳月亮比肩
提醒你远离河滩，珍惜世界上每一把递过的雨伞
我的雨水带着冷空气，会让你打个寒战
帮你复苏白发中滑落的亲情
用透明清澈的圆润洗涤你心灵上的风尘
看清曾经真实或变异的自己

通往秋天的色彩在汗水里分行

该用怎样的激情，说出我对土地的热爱
季节风把皱纹一道道越吹越密、越吹越深
长在农谚里的庄稼，在挂满雪霜的胡须上
递进葱茏的层次，金黄的渲染
面对这些踏实丰厚的色彩
我无法用诗歌抒情的元素，称量出它确切的重量
只有提满风的镰刀，能说出淋漓的韵致
一些劳作的细节，在酷暑里结满厚厚的盐渍
竟被一只蝉说破了生存的密码
烦琐中重复的单调，诞生着深邃的命题
更多的记忆，在蜕变中紧握的掌纹
通往秋天的色彩在汗水里分行
八月的桂香，把一些期许点缀成星斗的光亮
所有跋涉的地方
都有阳光结下的种子以及雨水分娩出的月光

去赴一场秋天的约会

整个春天
我都在为赴一场秋天的约会做准备
看山沟野洼撒种的梦发芽了没有
看风雨经过的地方谁吐出了惊人之语
看阳光下谁举起如林的手臂
欢呼一场胜利
或者感叹遭遇冷热空气的夹击
留下残缺的魅力
但无论怎样
秋天在不为人知的想象里如期而至
金黄的果实贴满了封皮

八月，我虚构一场梦

微风轻轻抚慰郁闷烦躁的心窗
灼热的阳光　调整了向上的高度
变得千般妩媚　万般温柔
一种久违的惬意　从脚后跟传到后脑勺
那些蛰伏的希冀　随时涌起想飞的欲望
就这般胸膛豁然开朗　写下八月秋高气爽的诗行
共享澄明的空气　灌满金黄的桂花阵阵暗香
聆听蟋蟀拾起露水里一串串透明的音符
奏响秋夜一曲曲委婉动听的抒情乐章
想象丰收的画卷早已挂满山川大地和高高的树梢
八月我虚构一场梦　却不是一场虚幻的美景
当我从遐思中蓦然回首　那些快乐奔跑的词语

早已用丰满的惊喜甜蜜的笑容
等待在村庄宽敞的出口

秋，多像一场初恋

落叶纷纷放下手里的书签
季节的叙事恰似一篇详略得当的散文
萧瑟处，野草荒芜了半生的心事
粮仓们把装不下的清香遗漏给了月光
调色盘倾尽了大红，令枫树豪放了一回
石榴们娇羞的分娩，酸甜了季节的体温
秋多像一场初恋，她的抒情时常在预料之外
多添一件衣衫，就感受到她炽热的缠绵
多脱一条长裤，就遭遇到她恶意的捉弄

在秋风荡漾的晚上

在秋风荡漾的晚上
我的思绪插上翅膀
飞越唐朝
停泊在诗词歌赋的枝丫上
填写枫叶燃烧的韵致
路灯一盏盏亮起眼睛
指引我夜行的方向
在老家稀疏的灯光里
温暖的情愫变得黯然
我听到蟋蟀落寞的演唱
把村庄的夜色唱得透凉
一些乡愁结满蛛网

一些消瘦的庄稼
在农谚上忘了分行
我此时的内心
汹涌出惆怅的平仄
像一场冰雪封住了记忆的青葱

春　分

春分这一天
阳光
打照在我们曾经的赤道
彼此的背影
在各自的南北半球上
喊醒了春分秋分的节令
你祭你的月亮
我拜我的太阳
在思想的葳蕤处
盛放自己坚持的箴言
在叛逆的风景里
贪婪地打捞遗漏的时光
只是我眼里不经意间
流泻出惜香的蜜
逃不出你
枯萎的玫瑰和眼泪的重量

蝉　声

蝉儿不算高贵

它不像蛐蛐画眉，供人宠养

它弱小的身体，承受漫长的黑暗

吼出一个火热的夏天

短暂、匆忙，与角色的荣耀

我内心寒冷的空旷

枯黄的落寞，变得色彩斑斓

听着这午后的蝉声

胸腔中静谧的湖泊开始沸腾

仿佛有一只无形的手

摁动我灵魂的琴键

如蝉的喉咙，吼出绝唱

汗水淌满夏天（组诗）

汗水淌满夏天

这个季节，汗水回了娘家
最容易抒情
蝉儿们在自己热爱的国度中
诵读着信仰的经文
烈日像吃了兴奋剂，一天比一天亢奋
雷电掌握好云团们媾和的时机
陡然偷袭作祟
我可敬的人民都变得深居简出
在盐斑舔舐的空间里
测量各自消耗的精神

烈　日

阳光层层凶险
风被困住了舞蹈的手脚
隐形的火提着刀子
翻山越岭，走街串巷
大汗与中暑常常短兵相接
知更鸟于林荫中一遍又一遍大声宣示着
对一个季节的主权

唯有人们省略了过多的话语
在营造的凉爽里
磨砺着斑斑盐痕下的青春

盛　夏

密不透风的阳光
让温度在危险期爬升
一不小心，中暑的陷阱就成了这一天的头条新闻
另一种快乐与灾难在大河小河中沉浮
墨镜太阳帽纸扇遮阳伞空调
是一个季节的全副武装
被冷落的饮料啤酒在最佳位置呼朋引伴
燥热淌汗成了点击量最多的一个词
路灯提前睁开焦虑的眼睛
注定让一个接一个躁动不安的夜晚
失眠

傍　晚

烈日交出值班的钥匙
黄昏开始抖动起薄凉的帷幔
夏的残热依然竖着一根根倾斜的刺
躲进林间的鸟语
畏缩着在低音部练习着爱情的乐谱
远山挂起一幅精美绝伦的水墨
概括一天太多故事的高潮低谷与幽默
蝉儿的晚唱熄灭在月辉铺平的路上
而女人们，用裙裾浅笑勾勒出的万种风情
纷纷登场，俘获了夏天火辣骄横的野性
剔除高温的骨头，人为的香风让男人感到身体的轻

一滴硕大的寒露

听到你的消息
骨头上冒出细密的针孔
穿过季节的风声
集结在内心的云朵
有千斤的分量
凝结成二十四节气中
一滴硕大的寒露
此刻，我的内心阴阳失衡
身体轻成了一片黄叶
曾经娇艳的花朵
结痂成暗红的伤口
手里捧着你留下的信件
如同捧着一纸宣判
等待铁门关满一屋子黑暗

四月艳阳天

四月
阳光显摆着温情
她迈着小碎步
给山川大地抛着媚眼
花朵们都仰起头来
喊出经久不息的喝彩
我身躯弯成一把镰刀的父亲
坐在四月敞亮的门槛上
他轻松地抖落鞋子里的泥土
抖落露珠与汗滴打湿的艰辛
惬意地摁响悦耳的音乐
用自己的微笑
为这个春天写下耕耘的豪壮
许多构思的大块文章
在这些艳阳高照
和雨水充沛的日子里
正铆足劲拔节吐绿
葳蕤汹涌成一片激情的海洋
一些发酵的梦，由远而近
裹挟着五谷浓郁的芬芳
在父亲深邃辽阔的目光里
我看到又一个堆高的丰年

月　亮

中秋来临，月亮正胖得可爱
它流动着银亮的音符，安抚一些事物
夏天留下的旧伤。微风挑逗着柳丝的抒情
桂花加重馨香的容量，一座城逃不脱它的围攻
站在坡地的庄稼，抑制不住肢体的激动
顺着八月的芬芳踮起脚，找寻回家的路
我的内心绕过经历的暗礁，揭去白天虚伪的面具
拉近城市和村庄的距离，裸露情感的纠结
与饱满的玉米高粱靠近，拥抱温暖的丢失

黄河黄出子孙坚韧的肌肤

黄河的黄

是黄河之水天上来的黄

是炎黄子孙的黄

黄出子孙坚韧的肌肤

从最高处黄起

奔流不息，惊涛拍岸

像勇士排山倒海的交响

黄河的黄是东方特有的底色

它勇往直前，壮怀激烈

它用不绝不衰的歌声，呐喊声

唤醒屈辱践踏的龙的传人

从星星似的弹孔

射出崭新的中国

黄河因为黄才叫黄河

黄河因为怒吼奔腾

才属于从黑夜走出来的祖国

夏天是一只只咬人的虫子

入伏以后
夏天是一只只咬人的虫子
它穿着透明的盔甲
散发出浓烈汗酸的气息
在天空狂舞
随时都可以张嘴伤人
大街小巷
很多人都拿出太阳伞墨镜
短裙短裤的防御武器
与它对峙
一些人败下阵来
躲进空调房坚硬的壳里
平息焦躁和不安
一些人走在被中暑包围的路上
披一身月亮，回家

秋天刚刚站起（组诗）

秋天刚刚站起

秋天刚刚站起
风稍稍喘了一口气
翻阅曾经遗漏的残局
太阳仍然在中午
打磨一把闪闪发亮的刀子
却缺失了盛夏的韧度
天空猛然间蓝成一块玻璃
雨在中途任性多于钟情
偶尔的断章取义
抖落消瘦粗犷这个词
草木在发黄中点缀着韵味
而那些临近消亡的蝉
依然将一首热爱的歌谣
声情并茂
不急不缓
从生唱到死

秋　分

几场大风，吹远了一串蝉鸣

几场阴雨，浇凉了燥热的日子
此刻，我就趁着太阳的光能
抵达地球黄经180度的地方抒情
在白昼与黑夜均等的时间里
用我"祭月节"的方式
面对一轮皓月
祭拜我对你白发丛生的思念
在岁月下滑的温度线上
我始终愿意抱紧我们
逐渐走向萧瑟的爱情
将彼此身体擦出的火焰
平分江湖中最美的秋色
用阳光的心态
破解闪电

秋　夜

白昼缩短了拉长的橡皮筋
秋夜被一件长衣裳
俘获了晨练的香梦
风随时念叨着衰败的咒语
寒凉磨着一把锈蚀的刀子
而绿树碧草们见惯不怪
早已做好浴火重生的准备
昆虫们的小夜曲
总是在树荫石缝墙角的暗影里
浅吟低唱出一卷季节轮回的经书
仿佛向逝去的繁华志哀
大地隆起的母腹

却在这一串串悦耳催生的胎教声里
听到了丰收的雀跃

秋 天 里

三两声咳嗽，提醒我加衣
草木把自己的荣耀，一页页泛黄
走不出的困囿，坦然拥抱层层加厚的寒凉
果实们走在丰收的路上
把整个秋天的温馨聚拢
枫树们一反常态
它们高举起红彤彤的战旗
像欢呼一场盛况空前的胜利
把内心的狂喜表露到极致

落 叶 木

季节抽下梯子，冷气团飘浮于空中
落叶木落光叶子，赤裸着身子
咬紧牙关，与一个漫长冬天叫板
西北风撞击着它的身影，鼻青眼肿
它晃了晃身形，未挪动半寸坚守的位置
雪花吐出洁白的诱惑，侵蚀着它的骨头
它用经历的沧桑化解无形与有形的疼痛
漫山遍野的落叶木，在寻常中举起各自的不寻常
它的内心积蓄着磨难中蜕变的能量
等待万丈阳光与密集的雨水沐浴图腾
从雷霆闪电的音符中，分娩五彩缤纷
山鸟和鸣的春天

大　雪

凛冽袭击了这里

羽绒服保暖裤

让胆怯臃肿起来

雀鸟为这个世界

让开宽阔的场地

大雪在夜的梦里

猝不及防地

闪亮登场

它的白给这个季节

写上玉树琼花

原驰蜡象的修辞

花的灿烂

结不出丰满的果实

却让寒冷加深了几尺

无垠的大雪

将更多秘密吞入腹中

而阳光

总会替我们说出真相

霜　降

路人早已把秋天最后一撇写在身上
鸟儿们的音乐会垂下帘幕
偶尔的三两声鸣叫
却总是在落下的风声里走调
太阳的手气很背
无法再一次赢回自己更加光彩的脸面
气温开始走低
我的霜降像很少使用的左手
正想抬动一下，却不听招呼

花　事

惊蛰过后
一场雨追赶着一场花事
蜜蜂与蝴蝶站在雨的尾音部
为倜傥和甜蜜的爱情
蓄势待发
山川敞开了怀抱
绿水让情愫涌荡
农具们不再沉思
它们正集结一支队伍
又一次掀起农业革命的浪潮
为大地上劳作的背影
摩拳擦掌

江 河

大多时候，清澈透明
给世人提供一面古镜，看清别人和自己
用一个微笑套住另一个微笑
一个机关连环另一个机关
在不动声色的表情下，藏着枕戈待发
只有谙习水性的人，可以驾驭惊涛骇浪
绕过一个个暗礁，从一个个旋涡突围
他们把船变成梭子，江河是一匹巨大的绿布
所有的褶皱，都被它一一展平

暮 色

暮色把空旷压得很低
路灯依次睁开敬业的眼睛
为混淆的道路指明方向
鸟儿把歌声收紧，为明天飞翔积蓄力量
几声车笛，为这个疲惫的段落注入了生气
此刻，在陕南乡镇某一个山地
我举起一个草根的卑微之力
为百姓三丈高的穷困，鼓劲打气
让一个规划，有的放矢
用我满满一天跋山涉水的足迹
写下一个平凡者扶贫的注释

等待一场春暖花开的盛典

仿佛一次酝酿已久的政变
眨眼间，鸟儿销声匿迹
气温如退潮的海
噩梦般的冷寒
把寂静的道路腾挪得更加宽敞
风，轻狂地吹起得意的口哨
一天天撕扯掉大树小树御寒的衣裳
那些曾经精神头十足的绿草
荒芜的青春写满油尽灯枯的迹象
是屈服，还是服输
看雪刃冰刀吵吵闹闹纷纷扬扬
逼仄了呼吸的通畅
树们赤裸着干瘪的躯体
张开羸弱的臂膀
与苍穹默默拥抱
此时无声胜有声
草们在蓬头垢面的装扮中
深藏起生命的玄机
等待一场春暖花开的盛典
是佯装，是假象

瀑 布

我把小溪画成绳索
画成牵引的外力与内力
我把瀑布画成一张白纸
那不是空蒙、空白
那一种白来自品性和坚守
是一场雪，唤醒春天的雷
生命的盐粒，消去日子的倦怠、浮肿
那是一种诺言，藏着谜底
听，它发出充满底气的欢笑
日夜兼程，过关斩将
迎接大海的拥抱

思 月

顺着八月款款而来的风声

就迈上了秋高气爽的季节殿堂

农历上矗立着

被唐诗颂咏着的一个节日

贴上了中秋标注的醒目坐标

桂花在馨香中，抢先一步吐出叹词

很多的喜悦渐渐向金黄靠拢

厚重的缅怀慢慢在夜晚发酵

一些追思，染上月光

似雪似霜，填写铭刻的文章

一些乡愁，被皓月点亮

仿佛泻玉飞瀑

让寂静的夜晚

发出抵达彼此心灵的声响

白　鹭

在稻田湖泊溪流河畔
在沿海城市，南方湿地
白鹭三五成群，身披白色风衣
绅士般的步态，像一场走秀
它们用自己的现身，给一方生态打分
有时候，它们一言不发
以无声胜有声。学着人类的品性
在沉浮的空中，画出干净的汉字
这让我想一尘不染这个词
更多时候，它们像一张张静候或飘飞的纸片
留下太多的无解，让我们写出答案

雨 的 寓 言

几滴雨
涂抹出叶绿花红
撩拨出阵阵清香弥漫了山冈
它让梦抽出的嫩芽
蹦跳出欢喜
让鸟鸣声唱出天空的深蓝
几滴雨
概括了雷霆与闪电的前身
暗云做好层层铺垫
狂吼暴跳掠杀
露出霸道的匪气
几滴雨
在温度里变换着人
或者妖魔鬼怪的嘴脸
放大了巨大的哭泣
蔓延着生长的气息

白 露

清晨草木上的露珠
滚动出晶莹的清凉
妈妈的叮嘱
在长袖的衣衫扣上保温的纽扣
驱赶小感冒的蠢蠢欲动
白露这天，冷热划界
最好不要让情愫在早晚
轻易说出坚定与赞叹
许诺披一身霜色
唇齿间万千蜜语
怎抵得住一寸沉浮的风寒？
最好来一碗热汤热面
一件秋衣
胜似诗词上吟咏的
流传古今的浪漫

张家界感怀（组诗）

张家界感怀

三千奇峰的壮观，八百秀水的妩媚
如神似仙，诱惑游客的双眸睁大了极限
肺腑中蹦出的惊叹，胸脯里飞出的梦幻
都融入诗中有画、画中有诗的绝版
张家界，我屏住呼吸也能嗅出
一草一木、一山一水浓郁的历史气息
让一个个走远的朝代，鲜活林立

通 天 路

天门山是通天的幸福路吗
天门山是天堂向凡尘发出的邀请函吗
云朵搭成的梯子，山岚抛下绳索
我们踩着石崖的腰身，峭壁的肩膀
与天空靠近，与阳光握手
可我不愿抵达快乐的天堂
此生此世，甘愿把自己的痛苦和喜悦
荣辱与热爱，守望在祖国跳动的心脏

到了张家界

到了张家界，你就知道了前世今生
男儿的阳刚女儿的柔媚，都一一呈现
千姿百态的美，每一次抚摸都会触电
顺着阳光骨节的攀升，就看到华夏文化
让世界仰视东方文明的浩瀚与博大
到了张家界，个人的骄傲与豪迈
得失和委屈都不值一提
都会被它巨大的回响，一一弹出

花开半夏

立夏揭去了伤春的清愁
漫山遍野的花朵吐出缤纷的比喻
浓情的风骚，一览无余
与阳光相拥，倾诉生死之恋
芬芳提炼出排比和象征
催动大地山川饱满的子宫
怀孕的新生，隆起处处迷人的弧线
气候爬着楼梯，风掏出采写的笔记
聆听从落英的尾音部
从汗珠与掌纹的阡陌路径里
渐渐走近的硕秋

仰望长城

长城上的每一块砖都有自己的故事
那些故事在战火中炙烤焚烧
就烧出了汉字的偏旁，烧红了六国的天空
泪和血铸造了大秦帝国雄起的龙骨
仰望长城，就仰望到诸子百家的哲学
风吹雪打，长城岿然不动
几千年如此，像一位思想者
用无声解读着有声

天 子 山

天子山每一块石头都是天子的臣民
他们的履历必将从大宋土家族写起
点将台上，嶙峋怪石化作人形
躬身而立如文臣武将，静听天子的旨令
老屋场，数百座石峰宛如神兵天将
他们表情坚毅，手持刀枪剑戟列成方阵
御笔峰是一支大笔，从残章里找寻方略
从黑夜掏出星火，几笔草就人民江山

在武陵源

在武陵源，奇山异峰溶洞的景观
云雾云海云涛云瀑云彩的幻变
叫人忘了今昔是何年。森林的王国
地质的博物馆，野生动物的乐园
这神秘的宫殿，与现代交换远古的时间
在武陵源做一头云豹或者豆杉是幸福的
从回音壁的砂纹中，跳鱼潭岩画上的波痕里
我听到了前世情人的耳语
还有海陆变迁的秘密

叩拜韶山

叩拜韶山，就是叩拜伟人
在韶山，你能感觉山水的气象
充满祥瑞。盛放世界的和平与安宁
那些平凡的草木，都储蓄着星星之火
所有的森林花朵，都高举红色基因
肃立在人民领袖毛泽东的巨大铜像前
我只想说，您用不朽的一生
捧给我们一个崭新的中国

那些石头

面对漫山遍野的石头
我肃然起敬
那些大大小小的石头
锋利如刀，圆润如日月
它们各自坚守着位置
安身立命，自得其乐
它们长在最高处
就矗立起世界高峰
它们在底处就成为河床
安放千万顷惊涛骇浪
滑出通向世界的航程
默默无言的石头
拥有自己的语言
与处世哲学
遇圆则圆，遇方则方
大浪淘沙，金子沉入砂砾
岁月磨去了石头的棱角
而它们
始终用坚硬同生活对话

海 鸥

一只海鸥在大海上飞
海浪有多高
它的志向就有多高
像一张白色的纸片
等待自然着色
写一行飞翔的汉字
穿透云雾
它迅疾地掠过天空的视线
如闪电捧出洁净的内心
在大地溃烂的口腔
留白

五 月 桑

露珠弹响了鲜亮的早晨

五月的喉咙吐出青青的桑叶

沿着展开的叶脉

我看到丝绸舞动的天空

让五千年的历史走进今天的章节

一只柔若无骨的蚕儿

高擎起大唐的风韵

面对这些弱不禁风的蚕儿

伫立在五月装帧精致的封面

把积压胸腔中的沼泽一一抽空

把堆积踟蹰的石头统统搬走

腾宽了远方的道路

在桑叶张开的翠绿手掌上

爬过我额头上网满的沧桑

划一道黎明的弧线

一次又一次把黑夜掀亮

雷声隐喻

雷声惊动一个季节，震落最后一场雪
山坡上的岩石突然张开嘴巴
像是要把多年隐藏的话吐出
躲在云朵后的雨水，从闪电的裂缝滑出
弹响音乐，更多的韵律在泥土深处停泊
庄稼的队伍，在节拍中纷纷赶路
从枝丫苏醒的姿态里，许多梦吆打着骨朵
微微的风变着魔术，一夜间让桃花的相思红透

崖　石

它不说一句话
沉默的外表
蕴藏着闪光的金子
以一种坚硬
容纳肆虐的风雨
当一只鸟丢落一粒种子
它用一种哲理
让种子打开自己的身体
用内心的精血
喂养开花结果的梦
种子破解了崖石深邃的思想
崖石给予了种子展示的舞台

春天是一位妩媚痴狂的女子 (组诗)

春天是一位妩媚痴狂的女子

这春天

是一位妩媚痴狂的女子

饮几杯细雨霏霏的酒就醉了

明艳的脸庞浮动潮红的胭脂

她把五彩斑斓的花朵插满头上

把各种香水喷洒绿裤丹红的衣裳

在微风中手舞足蹈

应和的河柳也跟着扭腰摆臀

抖动的发丝编织出爱的符号

一些鸟儿禁不住挑逗

一声声惊飞

让春天的美丽钻进了九霄

让清早的太阳也捧出兴奋的心跳

晚归的牧童用一支牧笛

早已把秋天的灶火烧旺

一棵杏树弯着腰开花了

一棵杏树弯着腰开花了

那花的白，花的光亮

爬上了季节的肩头

爬上被风雨揉搓出皱褶的脸庞

那一缕缕清香

与鸟鸣合奏出悦耳的交响

云朵铺开巨大的纸张

写下破解的文章

微风舞动纤细的手指

为它苏醒，喝彩鼓掌

谁会相信一棵苍老的树

在雷劈的伤疤上，在闪电的刀口中

抽出挺拔的枝干，绽放出洁白的畅想

像一个癌症患者，从病魔的死亡线上

升起一轮八九点钟的太阳

春天的渡口

三月的阳光摄下垂柳妩媚的身姿

微风温柔地梳理着她满头的秀发

垂柳闪烁嫩绿的往事

在沉静中等待记忆惊醒的脚步

她期盼身上系着的一根缆绳

解开迟疑未了的心愿

江水把清澈明净的语言默默打开

聆听小路上匆匆而来的足音

加入鸟鸣虫曲

与阵阵花香的合奏

看一双健壮的手臂摇动一江诗韵

渡口的春天

荡漾花影朝霞

春天的问候

这个春天特别冷

问候打着喷嚏

安慰结满灰霜

所有可以与阳光媲美的祝福

都无从化解你内心冻结的冰河

时间快得在刹那之间

一眨眼，你已被日子的恶魔推出了门外

命运的弃儿找不到一处善良收留

我需要充足的幻想

期盼华佗转世、扁鹊重生

借助他们开出的灵丹妙药

才能将你走入哀伤的背影

极力拽回

雪 花 (外一首)

这些雪花

这些水仙般纯洁

茉莉般无瑕的雪花

它给我们捎不来花香四溢

却在我们长满老茧的手掌

悄悄催生出一个鲜嫩温馨的春天

这些雪花

这些小麦般细腻洁白

大米般纯净晶亮的雪花

饿不能果腹，寒不能添衣

却在某一个夜晚

为我们广袤的土地罩上了茂盛的丰年

冬 寒

竖起衣领的早晨，云雾把天空拉得很暗

围巾、帽子、羽绒衣的位置

占据了这个节令的七寸

风尖着小女人的嗓子，四处兜售着谎言

都是可以篡改严谨的强敌

谁还会与它发生正面交锋？

雪，还没有点缀下抒情的影子
清鼻涕已挂满鼻端，让爷爷又丑了三分
阳光柔软、宽阔的大街
始终留不住三两个嬉闹的孩子

第三辑　思索之光

夜的另一面

当月亮爬上脊背
又冰凉地舔胸脯的时候
其实是人生的另一面，开始作祟
思念的亡人，趁白天的熊心豹胆
变成菜籽粒、针尖
纷纷跑进现实
在不可阻止的虚构中长出獠牙青面
让脉搏提速，肉身在汗水中泅渡
肥厚的夜，在噤若寒蝉中
咬出一排深深的齿痕

如果十二月风暴可以圈养

如果十二月风暴可以圈养
我会把它装进鸟笼
驯化它肆虐的野性与张狂
我要让它随着我的指挥棒
吐出冰雪冷雨和寒霜
我要让阳光甘露自由徜徉
我要让冻僵的生命
热血滚烫
让这萧瑟枯败的冬天
长出金黄的小麦玉米
还有紫红的玫瑰火红的高粱
让满载春天的马车
抵达世界每一个需要温暖希望
萌芽苏醒以及疗伤的地方
让至今黑暗的岁月
布满一盏盏亮亮的灯光

另一种高度

冷寒的风不放过一片黄叶
雪花经过哀伤
踩出新的韵脚
赤裸的枝丫在冻僵的词语里
指点着天空的深度
等待云朵飘下雨的抒情
在窒息的疼痛里
梦的胚芽已悄悄吐出
江水在消瘦的激情中
迎来另一种叙述
鹅卵石上响起一串厚重的足律
踩亮了彼岸灯火
另一种高度
在守望里飞溅透明的音乐

有一种坚持

向上的坡度逼近阳光
风雨依然在脚下潜伏
一些想法开出花朵
一些打算遭遇了蛀虫
在色彩铺成的深浅图案上
时间划伤了一些路径
在逆流网成的琴弦上
星星在惊涛骇浪中奔跑

和自己下棋

孤寂的夜晚

他把另一个自己从身体里分离出来

下一盘人生见惯不怪的棋

他走出正直

另一个自己用虚伪跟进

他险象环生却被虚伪的赞美壮胆

虚伪的佯攻差点让他丢掉半壁江山

两厢厮杀风生水起

正直的明枪挑落了虚伪的笑脸

虚伪的暗器让正直的一部分骨头坏死

天亮的时候公司总裁让大家提意见

他发现自己说出的话比蜜还甜

昨夜占据上风的正直竖起了白旗

虚伪的欢呼在热烈的掌声里

向高处挪动屁股的位置

哭泣的书籍

高速路上
那些馨香的书籍
在繁华的追逐中遗弃
它们沿街乞讨
只有几个学生
把它们从梦里珍重捧起
更多的书籍
在赌场酒楼舞厅喧腾的欢声笑语里
在大红大紫的职场里
变成一文不值的废纸
书籍哭泣着冻结的历史
它们被捡拾垃圾的人
打包装车
让机器们又一次咬文嚼字
变成另一种物质
找到取悦一个时代的位置

旧　事

夜晚

月光降落在一个情节上

铺满一地雪霜

旧事幽闭在狭小的空间里

找不到左冲右突的方向

我内心藏着的秘密

被它紧紧撕咬

又让时间的针线一针针缝好

旅途经过的影像

有许多雷同的地方

当我还来不及删除

冷不防就中了一枪

灯影里的黑

一盏亮着的灯
多么炫目灿烂
它所抵达的地方
就是一缕温暖的光芒
一片喝彩的海洋
可它那灯影里的黑
像蚂蚁啃噬着大厦和路基
那些很难察觉的黑
需要及时清洗和手术
在刀刃划过的疼痛中
实现一次涅槃或蜕变

汨罗江在诉说（组诗）

两千多年过去了，时间锈蚀了多少往事
低吼的汨罗江还在痛惜
一个诗人的早逝
血肉的药引，挽救不回病入膏肓的腐朽
呜咽的汨罗江，还在叹息三闾大夫的愤然离去
不屈不挠的忠魂
舞动家园破败的风声
清澈的汨罗江仍在吟唱
华夏夫子的傲骨
凝结成忠贞的诗章，奏响一段历史的绝唱
汨罗江一直在诉说，"逸响伟辞，卓绝一世"
那些水鸟，鱼群，鹅卵石
吸纳着《九歌》《离骚》的滋养
用各自诗意的方式，递进一位英雄秉持的志向

节日的印记

艾草，菖蒲，粽子
张扬一个节日的印记
龙舟上的鼓点，敲击出隆重的怀念
这个节日的高度，早已构成了仰望的姿势

穿越时空的隧道，浓墨写意着一位爱国诗人的背影
飞扬的灵魂，不死的忠诚
雕刻了五月初五，密集的泪点与质感
赤子流淌的热血至今暗红
他以一种愤然投江的方式
把自己升华成一个国家敬仰的节日
化身子孙们传承的根脉

哀伤的讲述

从楚国飘洒而来的雨水，洇湿了五月的衣袖
沉甸甸的脚步，载不动艾香浓郁的忧愁
阳光有些朦胧，与我此时的内心契合
当我铺开一张白纸，写上《天问》的辞章
一场大雪淹没了我平仄的悸动
一个身影画出的霓虹，烫伤了历史的眼球
也让世界聚焦一个国家弘扬的精神
所有的名词动词形容词，排比隐喻和夸张
都交出营造的语境，茂盛成五彩的云朵
为我哀伤的讲述，挂出苦艾、粽子和菖蒲

一枚钉子

一枚钉子的成型，是多么不易
需要在阡陌纵横的地心，寻找坚硬的矿石
在通红高温的熔炉里，提炼它内在的品质
通过加工锻造锤打，才会奏响金属的铿锵
闪烁金属的锋利与光芒，而几场风雨的袭击
就让它轻易地锈蚀成一堆垃圾

向每一粒粮食致敬

请原谅我拒绝你的饕餮盛宴

请让我与山珍海味的奢侈一天天疏远

揽一轮明月入怀，拥一缕清风洗面

喂养我日渐油腻的品性

在一粥一餐里，温习父辈的艰辛

勇士的涅槃。我要穿土布粗衣吃青菜萝卜

用勤俭强基固本，从舌尖上省下挥霍的江山

不要笑我另类、守旧、落伍

我要在耐嚼的艰苦中，找回丢失的最硬的一截骨头

用我最简单最朴素的吃相，打扫干净每顿饭菜

用我光洁的瓷盘瓷碗，向每一粒粮食致敬

从人类琐碎的珍惜中，世界放大了格局

蘸着夜色写诗

这夜色多么幽静深邃

有浅淡的香味撩拨心扉

白天的喧嚣像远去的荒雷

思维常常在提防报警的分秒上

左右摇摆捉摸不定

一声尖锐的哨音戏弄流淌的汗水

一句话一个表情

都充满混淆模糊暧昧

没有一个确切的定论

蘸着夜色写诗

这一方风吹草动由我的笔决定

我的诗歌在一潭清水里洗去杂尘

每一个文字如一粒石子

坚硬干净发出年少的回声

但我必须让梦境有人把门

为黎明的到来珍重提醒

把另一个无奈再次找回

进入中年以后

进入中年以后
我的身体一直做着减法
减去童年少年青年
留下皱纹驼背白发
我的身体是一本存折
提取健康
留下病灶
提取血气方刚朝气蓬勃
留下举步蹒跚垂垂暮年
供我支配的营养元素
已所剩无几
我的身体变成一部用旧的机器
时刻等待着维修
尽可能延长它的使用期
我内心藏着的恐慌与无奈
不为人知
只希望在剩下的时间里
用爱修改经历中
一些愧疚遗憾偏离的主题

祈　祷

关掉语言的开关

荡尽一切私欲

将祈福双手合十

摁住一股飓风与海啸

唤醒在酒精油腻中浸泡的灵魂

把心灵反复擦拭干净

让圣洁的莲花慢慢盛开

每一片花瓣上都住着我伟大的祖国

化解雷霆和闪电

让幸福在困境中一寸寸铺展

今夜，每一条道路

都有我的祈祷削铁如泥，化险为夷

每一盏点亮的灯

都灿烂着一家的愿望

所有的肉身，都插上隐形的翅膀

那些默默的向往，默默的期盼

都将在华夏广阔的版图中

自由翱翔，不在话下

伪　装

春风拂面
阳光，口红，文眉
捧出皮囊上的突出的美
而内心住着狼与狗
总会在危急时刻
交换着角色
以卑微与凶狠
赢来一场酥软的活着

自　省

愧疚早起

骄傲开始贪睡

落后者不声不响

学着乌龟的模样

向着心中的目标不停奔跑

让一只大意的兔子

被傲慢击倒

鱼篓的寓言

谁用鱼篓搅醒了沉睡的海啸
谁用鱼篓打捞起一片濒临灭绝的星光
海岸线很长
长不过人类潮汐汹涌的欲望
谁在鱼篓里看到了凝固的泪珠
谁在鱼篓里听到了历史的诅咒
留下溃烂的硬伤

四月，我想起你 (组诗)

——致汪国真

四月，我想起你

四月

雨水充足，阳光饱满

所有的思绪被风驾驭

度万里河山，载满腔怀念

四月，我想起你

从每一首字行里

我感受你的高度与纯度

曾经的暗淡，被你注入一抹曙色

在波谲云诡的日子里

我在你的咏叹中

打开灰色的心情

聚集青春的热量

低头，是脚印踩出的真理

仰头，是双手摘取的希冀

你的背影是一面旗帜

在四月，你披一身雨水离开

117

短暂的一生，带着永恒的光环

是的，你不是伟人

只是一个舞文弄墨的诗人

可我从你的平平仄仄的字里行间

读出了一个人的骨气

许多迷途者在你的隐喻里

找到了人生的方向

你的背影是一面旗帜

汹涌着年轻的潮

与年轻的思绪

至今，让我们在挫折中

看到你站在高处

点亮的一盏灯光

那 个 人

那个人，国字型脸

戴着宽边眼镜

有着儒雅的学者气质

那个人，看起来是一个文弱书生

可他把中国的汉字，巧妙组合

敲打出金属乐器的声响

悦耳的乐曲，演奏出生命的交响曲

同样具有贝多芬的功效

那个人，他真诚的抒情

变成一个时代

治疗青年人迷惘的良方

许多人读着你暖心暖肺的文字

就修复了人性的塌方

就找到了清贫中的高贵
就从自卑的泥沼中挺起自信与坚强

文字的光芒

与现代影视明星相比
我更愿记住你的名字
你带走了肉体与躯壳
却留下了不朽的诗章
你文字的光芒
虽比不上太阳、月亮
却如一支支蜡烛
同样把逆境中的故事
——点亮
你的那句经典：
"没有比脚更长的路
没有比人更高的山"
已经长成了我身上的两根骨头
支撑起我高昂的头颅
从霹雳闪电的背后
找寻黎明的出处

在上岛咖啡屋

在上岛咖啡屋
我们没要咖啡
只要了一杯紫阳翠峰
便让话题变得蓊郁葱茏
情愫在绿色的茶汤里沉浮甘苦
给憧憬一个隐喻
给梦想一个悬疑
舞蹈紫燕的飘逸
破解知了的禅语
牛排刚刚好
刀叉决定了它的西餐吃法
而我们把它摆放在中国的餐桌上
并用谈吐的方言土语
与家乡的香茗
把一个洋气的名字
在胃里解剖成扛起文明的诗词

山野的花朵

山野里绽放的花朵
移栽到舒适的居所
有人说它找到了令人羡慕的幸福
只有它自己明白
没有冰霜雷雨的洗礼
它的脚跟一下子就踏进了坟墓

沉默之谜

她天生哑然无语

巨大的无声隐藏着沉默之谜

她在生活的枝丫处

新生春天的嫩芽

从生活的泥沼中

淘洗语言的偏旁

搭建一个著作者的殿堂

就像一位盲人

在黑夜中行走

习惯了用黑色的眼睛

也能寻找一片雪白的光芒

躺　平

也许关闭肉身上畅快的呼吸
麻痹经络上细微而顽固中的疼痛
强忍的窒息，集结灵魂的大起义
用躺平的姿势，翻过日历上的阳光
或者以另一种开始，拧干经历的风雨
让蛰伏在骨头上的余力坐胎、产卵
召回一个勇士干涸血液中滚动的惊雷、狂飙
用巨大无边的静寂，掀动巨大无边的回响

时间并不在时钟里

时钟拴不住记忆的脚步
一段缘，是水墨丹青
幻化成历久弥新的古董
以光的速度
催发季节萌动、绽放的密码
时间不会长出如霜白发
所有的祈祷或福祉
都是端坐莲花的菩萨
蕴含无边与广大

遇　见

手里只抓着一把嘲笑
胸腔中涌荡着低谷的清寒
阳光与星星，又一次在肩头滑过
孤寂重叠着孤寂
让一身褴褛，找不到缝合风雨的针线
你来，发间飘逸八月的桂香
一手扶起我的寂寞，一手攥紧荒芜的嫩芽
把千疮百孔的日子碰撞出温柔的火星
将一个进入禅意的男人
度入甘蔗的红尘

复　活

这些名字在时间里死去
又在雕刀里一个个复活
那些叫墨子老子孔子庄子的人
他们的音容笑貌
被一把把雕刀雕出鲜活的血肉
从沉香木中纷纷醒来
他们的思想，以光的速度抵达这个正午
散发一阵阵浓郁的清香
这些圣人，跨过远古的朝代
与我在九月金秋隔空喊话
面对逼真的他们，我有些恍惚
分不清是雕刻家们
把他们从木质的花纹里请了出来
还是他们赋予了雕刻家以构思
每一个神态，都是一个再版的典故
每一件飘飞的衣袂
都抖落一个朝代的醒世恒言
膜拜他们，我有些羞愧
骨头里传来他们金属般的笑声
让我从一滴水中
看出了博大世界

在陕西泾阳观看根雕人物（外一首）

在陕西泾阳县
九月的阳光散发出黏稠的汗酸味
裹挟着我的步履，有些踉跄
虽然鸣蝉不再充当一个季节的书签
我依然在高温中提防中暑
这时候，孔子从一棵树的根须里
打着《论语》的口哨
让我享受到三千里浮动的阴凉
面对大师，太阳削减了三尺长的锐气
一种燥热，变得安静清爽
一种修造，从远古回到体内
尘埃之上
存在的意义，被一本本书圈出了注释

诸葛孔明雕像

是时间让你睡着
又是历史让你的血液鲜活地流动
一本《三国演义》，搅扰了你几千年的睡梦
一把鹅毛扇
助你借来一股东风焚烧了赤壁

让曹操的八十万大军丢盔弃甲
一把古筝的悠悠清音
弹退了司马懿十五万大军的围剿
后来的战役，被你的计谋掐来算去
将一个朝代弄得遍体鳞伤
有时候，我也被你绊倒
一个王朝，在你的睿智中
竟高不过一支轻飘的羽毛

蚯蚓，正在用肢体说话

从生活的暗处
穿透到时间的亮处
蚯蚓，正在用肢体说话
柔软，紫红，卑微
写着柔若无骨的软
扭动的躯体
像一把把舞动的宝剑
携带光芒的分子
日夜兼程，突破困局
又好似一根根绣花的丝线
在大地的版图上
千针万线，绣出五彩斑斓的愿景
它小小的头颅
举起广阔无垠的金色秋天
你听
蚯蚓，正在用肢体说话
它俯下身子
默默躬耕在无人知晓的角落
多像某一群，我们司空见惯的人

与时间独白

我与时间挠着痒痒
试着与它和解
它让我亮起来，又暗下去
我顺从于它，屈服于它
在它从不等待我的步伐里
我知道自己被它催老
开水被它慢慢吹凉
人情被它渐渐冲淡
也有特殊的时候
当一切消失殆尽
消失的生命翻身坐起
成为不死的路标
让时间惊诧
多少反语，提醒了正道
多少主语，变成了虚词

七月的一个星期天

七月的一个星期天

我在值班室敲打着键盘

编写防汛紧急通知

一些喂熟了的词句

却变得陌生不肯蹦出

它们似乎用这种特别的方式

让一个叫紫阳的地方

远离一场洪灾

我此刻的情绪滑坡

找不到一个安宁舒缓的平台

将身上的每一个拧紧的螺丝

稍稍松动

窗外，乌云将树冠压得喘不过气来

远方的大雨正大步流星

赶着前往陕南上空集结、蓄势

仿佛要上演十年前的悲剧

人声已开始失态，电话像患了疟疾

而我的每一个同事

把灯盏一一擦净，加好油

让它们从百姓心中亮起

伞 与 人

一把伞衬托了人
一个人给了伞恰当的位置
一把伞的命运
紧紧握在一只手里
收拢与撑开
避开了一场酷暑与雷雨的伎俩
有时候，丢掉一把伞
与失去一个臂膀
没什么两样

四季有雨

四季有雨
一些雨我需要巧妙地躲开
烘干发霉的话题
一些雨我需要热情地迎娶
像迎娶漂亮的新娘
她催开了我春天的花蕾
她孕育了我秋天的琼浆
所有经历过的雨
都下成了一场寓言
一场隐喻
许多故事在雨中
热泪盈眶
许多遗憾在雨中
落地成霜

未来的日子

我只在乎笔尖下

长出茂盛的葱茏与浆果

卸去了惊雷的尾音

烟云多余的部分

皱纹中的陷阱

戏弄着几番艰辛

在骨骼上

留下羞于启齿的软肋

成为一纸处方上

写下的几味药

四面漏风的躯壳

珍藏向善的阳光

未来的日子

我将守着破碎一地的坚持

学学苍松翠竹的样子

画一卷水墨丹青

泪珠的独白

泪珠把过程沉入旋涡
在比黑夜更黑的时间里
丛生出刀子一样闪亮的白发
情节是霜打的茄子
每一粒疼痛
都在潮湿里泛滥成灾
从某一个断句上突然转身
辨识骨头的软硬程度
烟云抹去了悲伤的羁绊
好运气总是在磨砺中纷纷醒来
几滴泪痕催开冰雪的花朵
绽放兴高采烈的欣喜
一些胜利
从雷霆霹雳的夹缝中
突围归来
一些骄傲
绝处逢生

桥

你不会相信
逢山开路，遇河搭桥
是一种解救，一种善良的方式
而内心的陡峭与看不见的渊薮
同样是孤立隔阂的死敌
更需要理解原谅化解僵局
一次恩怨情仇的包容
就会走上破冰之旅

较 量

这一生我都在用五颜六色的药片

与高冷尖锐的针头

跟体内隐藏的病患较量

尽量让我这栋血肉建筑

为家人，也为他人

延长遮风避雨

共享幸福的时间

除了来自体内的衰败

我还要用骨头的硬度

不断提防从暗处

无孔不入的油腻和香甜

将我道义的堤坝

一寸寸攻陷

守住丢失的春天

有时候需要慢下来，不能太快
在过眼云烟里怀念一天天淡去
不能让城市的大踏步，跨进我的庄稼地
我要在温暖的土豆里，守住丢失的春天
我要去看看老坟园中居住的父亲
给他点燃一杆旱烟，像他在世时一样
不紧不慢不慌不忙，吐纳生活的烟雾
品尝岁月明灭的星火。他说过日子不能像草书
有时候像雕刻碑匾或者雕塑，慢工出细活

删除自己

往事如烟
部分细节却特写放大
如猫咪丢下的鱼刺
腥味还在，美味全无
我刻意从某个情节
拔出腿脚，删除自己
哪知每一个故事
都有我充当的角色
即使剑走偏锋
那些余震仍伤及筋骨
有时候轻得像风
吹黄一片树叶
也承载了整个秋天的痛

夜里十二时的感悟（组诗）

夜里十二时的感悟

岁月的重锤，敲落了几颗年龄的牙齿
面容在用旧的时间里，分出深浅的层次
一种怀念，在暮色四合中掌灯
照亮了逐渐萎缩衰败的光阴
茶的浓淡决定情节的清晰混淆
五岁的童年，在补丁摞补丁中分行
青菜白萝卜、蒲公英苦苦菜
苦高了一米六几的青春
蘸着稀薄的阳光，写下经历的唐诗宋词
年少在司空见惯的哲理上醒悟
理想在九曲回肠中打满腹稿
当身躯弯曲成一只弓弦的模样
射中了多少内心渴盼的日月
却又被直逼而来的日月射伤

煨一壶月光饮酒

今夜
煨一壶月光饮酒

咀嚼中秋的滋味

邀三两个好友

学学李太白的洒脱

在诗词中遥祝

彼此圆满吉祥

不再掀动往事的波澜

将失意删繁就简

抖落一肩经历的雷鸣冰雹

让梦想在暮年继续赶路

饱蘸生活缤纷的色彩

试做一名丹青妙手

给平凡的自己

在漫漫征途

画圆

与月亮对视

与月亮对视

仿佛听它诉说阴晴圆缺中

深藏的禅意

在得失中

找准平衡的位置

在汉语修辞里

挑选恰当的借代比喻

飘逸丹桂清香的音符

把情感吟唱出一首

皎洁的诗句

筛落一路世俗的尘埃

让曾经蓬勃的旺盛

美若朝阳的诺言

在风烛残年中得到——印证

给心灵装上一面圆圆的镜子

看清别人

更看清自己

在假设换位中

给世界留下一个爱的容量

拿月亮作比喻

这一天，拿月亮作比喻

成了冠冕堂皇的理由

而我只能借助唐宋的诗词

说出它的浪漫与高古

接下来，在滑如泥鳅

逮不住月光的日子

带着肥大的水泡

把一个揣着阳光的好天气吹凉

爬满山坡的寒凉

让情节埋入枯黄

野菊灿亮出英雄的孤独

丹桂举起星斗的热闹

一种心境在夜里彷徨

举头望月

掠过额头的恓惶

撒落一身灰霜

假借一团温玉

慰藉须发上苍白的恐慌

衰 老 期

到了这个年龄
五颜六色的幻想开始萎缩、疲惫
像一只老虎拔掉了几颗锋利的牙齿
现实与主观成了一对孪生兄弟，找到一个契合点
从来不屑一顾的绵柔，化解了背离的火焰
身体的硬度，往往需要针药鼓劲打气
很多明白事情，需要细嚼慢咽
很多清晰的辨别，需要一遍遍回放熟悉的片段
迟钝，混浊，遗忘，加速了衰老期
有时候自己仿佛变成了一件瓷器
一磕就碎

搬 运 工

对于一个家庭，我是一名普通的搬运长
我搬运汗水里积攒的幸福
搬运泪水打湿的离别与守望
让每一个伤口找到一张止痛的膏方
我搬运寂寞、孤独与寒凉
让思念在时间中结出老茧
擦干净镜子上笼罩的雾障
看见你桦树皮似的脸上
挂满十五晚上的月亮
我搬运我的巨大哀伤
来去的进出口锁着徘徊和迷惘
当钥匙拧开家门
一切都灰飞烟灭不可名状

从珍惜粮食中拓宽生存空间

请原谅我拒绝你的饕餮盛宴
请让我与山珍海味的奢侈一天天疏远
揽一轮明月入怀，拥一缕清风洗面
喂养我日渐油腻的品性
在一粥一餐里，温习父辈的艰辛
勇士的涅槃。我要穿土布粗衣吃青菜萝卜
用勤俭强基固本，从舌尖上省下挥霍的江山
不要笑我另类，守旧，落伍
我要在耐嚼的艰苦中，找回丢失了的最硬的一截骨头
用我最简单最朴素的吃相，打扫干净每顿饭菜
用我光洁的瓷盘瓷碗，向每一粒粮食致敬
从琐碎的珍惜中，拓宽我们生存的空间

从尘埃出发

从尘埃出发，金风引路
冰霜试探傲立的骨头
雷霆闪电总会在猝不及防处
增添跋涉者重口味的佐料
小情节酝酿大疯狂
用诗词铸剑，行走江湖
荣誉总是昙花一现
平淡才是一部本纪
一滴泪
悄悄从一个铁血男儿铠甲溢出
那不是悲切，是忧愤中飞溅的子弹
和平中，提防背后的弓弩与毒药
从草根开始，发掘我们需要的英雄

挥手为旗（组诗）

挥手为旗

去掉蜻蜓点水的轻狂

去掉湖光掠影的虚华

让过程沉入惊涛骇浪

孵卵一个故事

一个欣喜

摁动闪电的快门

摄下阵痛的盛开

举风为琴

挥手为旗

翩跹一首心曲

当喧嚣归于安宁

我们不再计较

掌声与叹息

一些坚韧

被石头指证

矛　盾

我把送我矛

又送我盾的人

屏蔽了

他们让我无所适从

而我给予别人的矛与盾

怎么看

都从黑暗处

亮出善意的光线

我走向一种高地

秋风吹来

熟透的果实

甜了一地

一些旋律

被山鸟破译

怒　放

摊开奋斗这部大书

韧性咬出了深深的牙印

叠加的汗珠充当了有力的证词

理想宛如一棵成长的花树

四季风吹过，弯腰驼背与迎合声

是躲避锋芒的一种方式

坚守是扎进大地一动不动的定语

冰雪撕扯下枝叶的小欢喜

留下的是姹紫嫣红的伏笔

从紫燕婉转的歌唱里

飞出陡峭中的怒放

清香吐出一串省略号

有闪电的尖叫、雷霆的惊叹

欢 喜

这一天，欢喜高于形容词
好心情在一起聚会
一篇文章一首诗歌有点睛之笔
让时间拥挤着时间
阳光为一个人倾斜、茂盛
哪怕明天谁也不认识谁
如一块铁，爬满光阴的红锈

内心的雪色

夜色将孤寂无限放大
一窗灯光
挑亮漆黑的时间
守住一所旧房子
守着一本老掉几颗牙的诗卷
在现代派的群体中
保持自己的所谓另类
与历史看齐
一只雪白的猫邂逅
内心残留洁白的雪
暖化远方以远的春天
用一种忘我
丰润大地壮观的存在

干 旱 期

咽喉冒烟

天地旋转

时间的蜗牛

爬行在长夜的等待

我的情感

进入一种干旱期

你来，如雨敲窗

我的双眸涌动春江的波涛

那些遥远的向往

淋湿了梦中的拥抱

像语噎的泪珠

在飞

我们的内心依然需要一块补丁

多年以前

我听到一个故事

它像一块补丁

缝补了我童年漏洞百出的寒冷

如今这个时代

已见不到补丁的身影

一种前所未有的温暖

让骨头更脆更软

我真切地感觉到

在很多看似完美光鲜的创新中

我们的内心

依然需要一块补丁

第四辑　颂咏故乡

在和平茶庄品茶

在和平茶庄品茶
时间仿佛是倾泻着的一只酒杯
有淌不尽的醉意
那些细如羊毛的茶叶
遇到山泉，遇到八十摄氏度热水
像鱼儿游进河流
把水的世界搅动得神气活现
她们又好似一群训练有素的舞女
在透明的玻璃杯中跳着芭蕾
优美的舞姿挑逗着神驰的视线
在和平茶庄品茶
清明的嫩芽把整个春天融进水里
饱饮香茗，就喝进了生机盎然的春天
肺腑中就生出微风，长出鸟鸣
阳光、雨露从灵魂中俯身问候
浓淡相宜，都刚刚好

十月，在红椿坝

十月，在红椿坝
宽阔的坝子
盛不下一个新娘的甜蜜
祝福与祝福干杯
欢笑与欢笑相聚
喜庆在云里雾里缠绕

十月，在红椿坝
我看见曾经的少女
变成了母亲婆婆
曾经的小伙
变成了父亲爷爷
岁月在面容上雕刻
沧桑在乌发上结霜

十月，在红椿坝
光阴正快速从一代人身上滑过
留下苔藓和风化
又从另一代人身上
花果飘香，亭亭玉立

炊　烟

炊烟在记忆里越飘越淡

石磨、风车早已退出历史舞台

在茅屋坍塌的地方

疯长的孤寂成了野兽们的乐园

晚上消失的犬吠，加深了黑夜的恐怖

在陕南，城镇与新村美丽的面容

没有什么两样

安置小区和大厦高楼站在同一个平面

向着繁荣起跑。广场上偶尔冒出一句方言

暴露了自己与土地割舍不下的亲密

在闲置懒散的时间里

那些堆积的幸福，拔高了走远的怀念

紫阳茶人

在和平茶场
那个叫曾朝和的紫阳茶人
他用晶亮的汗珠和灵巧的探索
让制茶的旅程走出一路荣耀
他把一个地方的文化与历史
在股掌之间揉捏成品牌的形状
让茶香的威猛醇畅，汹涌在都市的脾脏
一个民营企业四十余年的辉煌
浓缩成"和平翠峰"与"紫阳毛尖"
升华成"茶王"的骄傲
最高领奖台，我的紫阳
浑身透射出金色的光芒
在世界迎宾餐桌上，我看到紫阳香茗
正在与咖啡、人头马、XO、伏尔加们一起共享名望

在 陕 南

在陕南，山头随意飘出的云朵
都有浓浓的水意，润亮乡村的眼睛
眺望或回眸，都有鲜嫩的色彩流淌抒情的辞章
蓝莹莹的天空，蓝得叫人恐慌
似乎一抬脚，就会让心迷失在风景组成的八卦图上
纷飞的雨丝像一把竖琴，一扬手
就把季节的音乐弹响，从一首朴素的民歌出发
一粒种子落入石头的心脏，就会绽放花朵的馨香
沿着朴实的方言，伫立起秋天仰望的一行
一条条山路，是撒出去的绳索
都会牵出十五的月亮，让奔波在异乡的脚步
戴着城市的勋章，带着沉甸甸的陕南回乡

庄稼地里的父亲

从父亲的累累伤疤上
长出一盏亮晃晃的灯盏
我们的影子倒映在他身后的山路上
那块荒芜的山坡
被他手中的锄头咬出了绿茵茵的春天
庄稼的平仄吐纳他浓郁的汗息
伏在额上的乌云滑了一跤
爬起来时
看到我家屋顶上
朗朗的阳光正悠闲地坐着
深情回望

我的陕南

我的陕南在秦头楚尾
汉调二胡拉出它独特的音韵
苗条的雨把鲜花插满枝上
明朗的阳光用果实装帧了季节
一条千古不干涸的明澈汉江
容纳了天下美女的容光
我的陕南长着大山的骨头
长着土地浑厚的肌肤
流淌如水的气质
从伟男秀女沸腾的血液里
都弹奏出峥嵘岁月拔节抽穗的诗章
一首悠扬的民歌
被雄鹰的翅膀带向远方
一张精致的名片大写着安康
浓缩了一个江边城市腾飞的影像
南宫山　擂鼓台　仙人宫
富硒茶　绞股蓝　金钱橘
融入游客的视线最深的一行
我的陕南用一种铭刻的记忆
把一方平凡的版图点亮

三月，我呼喊着茶的芳名 (外一首)

三月，我呼喊着茶的芳名
那茶就在我的舌尖萦回，曼妙
如一个女妖，有柔蓝的焰火时隐时现
唇齿间被她的暗香缠绕
漫山遍野都是她的姐妹
眉目清秀，浑身葱郁
把春天的天空又一次抬高
一株茶，带领我们穿越时空
一条茶马古道，擂响密集的鼓点
追赶悠长悠长的茶韵，浸透纸背
那精致的香茗，说着方言土语
用毛尖碧螺春的妩媚，镀亮了皇家的荣耀
三月，我呼喊着茶的芳名
茶在历史中大方端坐、入定
她的窈窕风流与禅意，常常在午夜
我诗歌的修辞，在她绵密的酣畅中醒着
乱了宁静的方寸
她汹涌着她绵里藏针的芬芳
她腰斩了我一粒粒娇嫩的瞌睡
有时候，我不得不把对她的上瘾

用一杯杯白开水的寻常冲淡
把对她的依恋，拒绝在一只茶壶之外

茶　事

记不清是哪一年
大约是脖子上长出了喉结
青春迎来了变声期
豪饮了一杯浅浅的绿茶
便退去了身体上的疲惫
多少个炎炎烈日封锁的关口
茶，浩荡成柔韧的武器
击溃内心张牙舞爪的大暑
徜徉中的仰望，理想的山坡上
行进着茶的队伍
余韵悠悠，荡气回肠

秋天在汗水里流香

鸟鸣声吐出方言土语

唱亮了湛蓝色的天空

阳光暖热了石头的体温

露出开花的欢喜

泥土打开内心

捧读坚硬的足迹

把一个黝黑的背影

仰望成一生无法超越的感叹

那是我奔走在田野的父亲

用镰刀一样弯曲的光芒

与金黄的小麦演绎一场盛大的恋情

秋天在他的汗水里流香

一首诗

无法说尽他热爱土地的分量

九曲十八弯的山路

被父亲一双赤裸的双脚

踩出小雪大雪

踩出小暑大暑的分行

父亲从忙碌里抽取一个农人的荣耀

那是一幅丰收的巨制

落款处有他大红的签章

茶 之 歌

在茶山，阳光钻进钻出

鸟儿却很高调，一声鸣叫

暴露了藏匿的秘密，往来的迁徙

让云团乱了阵脚

游人们丢掉了书房里的矜持

与一棵棵茶树簇拥在一起

每一句喟叹都唏嘘有些茶醉

一杯茶，从云山雾海里

在无人知晓的某个清晨

吸万滴甘霖，纳千颗雨露

把一个盛大的春天融入绿色的汤汁里

精魂，喊醒每一个读书人的故事

并用绵长苦涩的清香

让一段茶马古道的历史，笔墨酣畅

品茶，专家可以说出茶中隐喻的智慧和文化

说出儒家道家的深邃、含蓄、丰厚

说出防癌抗癌、延年益寿

还是老百姓来得最实惠，说茶清火解百毒

老人扑哧一笑，一杯浓茶

喝退我半生瞌睡

一棵棵玉米同我的欢喜看齐 (组诗)

一棵棵玉米同我的欢喜看齐

如果可以
我还会虔诚地吻遍脚下的土地
几个筋斗翻过山坡的风
它轻微的咳嗽
就可以嗅到庄稼饱满的甜香
这是陕南农历上行走的八月
漫山遍野都挺立着馥郁旺盛的辞章
我的乡亲沿着家乡的版图
把自己变成一个个奔跑的词语
他们在田间地头
收获着各自的汗水与快乐
而我久久的凝视
是奶奶玉米地成熟的酣畅
内心的满足和充实
不能用一句感叹概括风雨
看那一棵棵熟透的玉米
刚好同我的欢喜看齐

稻穗在鞠躬中高大了自己的形象

蚯蚓在黑暗里钻出生长的气孔

为一滴滴汗珠的馈赠敞开了肌肤

青蛙昼夜守卫着稻田的消防

它擂鼓似的歌唱

让整齐的稻子们底气十足

微风吹拂着大片大片追赶的金黄

仿佛激动的海潮为乡亲欢呼

面对着一张张勤劳倔强的脸庞

它们摇头晃脑，致敬弯腰

在鞠躬中高大了自己的形象

三两杯庆功的美酒

沉醉不了双掌上爬满厚茧的力量

从雨水、阳光的行距里

我看到一粒粒稻米串成璀璨的珠玑

正穿过一层层雷电的鼻孔

让大地隆起的子宫

分娩一场巨大的丰收

果实在枝头上走秀

风雨把果实涂抹出

紫红翠绿橙黄的娇媚

每一个水果开始在枝叶间闪烁走秀

葡萄串起紫晶与流苏的气质

番茄将朵朵红霞铺满了粉面

——展露饱满大气的丰姿

胖胖的苹果

羞涩的红晕爬满了脸颊

石榴擦了擦脸上的胭脂

鼓起饱满的肚腹

笑得满嘴露齿

一不小心

暴露了步入成功的秘籍

让五十六个民族

在这个秋天读了又读

野菊在沉沉暮色里亮起灯盏

野菊在沉沉暮色里亮起灯盏

笑看一缕缕走过的萧瑟秋风

为自己野外的生活

扣紧了御寒的纽扣

桂花撒开满树茂密的星星

把一年中的第三个段落

按动一路亮晶晶的音符

叙述满山的芬芳清香

还有五指捏紧攥成的信仰

让汗珠与泪水、向往和期待

都找到了回家的路

枫叶举起凯旋的彩旗

欢庆粮食集结的一排排队伍

与火辣的眼神再一次重逢

此刻，我的内心

即将空出大片大片的位置

另一种蛰伏的渴望

沿着这个季节的边缘
在残雪中踽踽行走
几声鸟鸣
几声惊雷
就可以摁亮走远的丰硕

吟唱流金泻银的大美

饮金风二两
徜徉在流金泻银的美景中
我便有些不胜酒力
微醺的神情
能听得见骨头与岩石发出的碰撞
那是爷爷与耕耘交谈的声响
他弯曲如弓的背影
是地平线上大美的雕像
射落了秋天八十多个太阳
让一个顶雪漏霜的家庭
储存满严冬的阳光
人们说秋天是人间的库藏
可以掏出欢喜梦想
也可以掏出疼痛悲凉
而我随便抓取一把
就掏出了祖辈们浓得化不开的乡愁
亮堂了黑夜中张望的村庄

紫阳的清明

沿着春天的雨水
紫阳的清明在春茶中
泡出一杯杯嫩绿的乡愁
从苦涩中曼妙出的清香与甘甜
雕刻出乡亲额上的皱纹　最深的一行
镰刀在利刃上回忆着与庄稼的爱情
锄头蹲在墙角抖落冬天的寂寞
为秋天的喜事磨砺出勤劳的光泽
那些雨水，哼着山歌，唱着民谣
把故乡的憧憬，弄出朦胧的诗意
印满大地的足迹，每一处
都有一篇精致的文章，在盐花花里
吐穗灌浆，开花结籽

一首唐诗吟出丰收的醉意

从唐诗里吟出的春天，插上了故乡的标签
我伫立的乡村，在古典与现代的意蕴中
找到了完美的结合。燕子呢喃着抒情
柳树婆娑出妩媚，一方绿毯似的田园
衬托出红砖白墙的小楼，走入画境
自酿的美酒，带着玉米小麦甘醇的味道
打开胡须中长出的有关粮食的话题
悠悠古意，千回百转，喜不自禁
从每一个葱茏金黄的高潮，走出太多的身影
我看清了爷爷奶奶、父亲母亲的笑靥
为每一场丰收，馈赠下的肌肉与骨头

雨水总会弹出模糊的怀念

每年的清明，雨水总会弹出模糊的怀念
对先烈英雄亲人的祭祀，在节日之外蔓延
起伏如峰，汹涌澎湃，汇聚成海
尖锐而锋利的离殇，让健壮的身体疼痛万分
所有的面影，又一次鲜活灿烂
所有的欢笑，回响金属般的铿锵
那些白色花圈围拢的祭奠
把一个国家坚硬的气魄与血性，坚强和捍卫
从矗立的纪念碑上，托举出红彤彤的祖国

九月的乡愁

九月
秋雨作序
凄寒加重了抒情的韵脚
那些移居幸福的人
离泥土很远
离天空很近
高高的楼房昼夜把挂牵
摁亮
一棵白菜
三两行葱蒜
却无法在三室两厅
让乡愁
安身立命

在故乡四季的山头喊娘

娘走的时候

春天刚刚爬上树梢

露出嫩绿的芽儿

燕尾斜斜地剪开二月的雨帘

诵咏一首唐诗宋词

在我家茅屋的大门前

筑起爱情的巢，养儿育女

娘说：听话，好好读书

娘去大城市给你们挣钱钱

买新衣，盖新房

娘走的时候

裹挟着一身浓浓的青草气息

早晨很重的露水

缀满了娘的衣袖和裤腿

顺着曲曲弯弯的羊肠小路

娘的步伐起先有些乱

继而快得像赶一场集市

娘去了一个很远很远的地方

娘在一家工厂里上班

那里没有礼拜天，没有年休假

娘把自己变成了一个昼夜不停旋转的机器

时间在一分一秒中磨损着娘的青春
也堆高着娘兴旺发家的梦
桃李挂满沉甸甸果实的时候
折射黄澄澄红艳艳的光芒
六月的日头刺得我睁不开眼睛
我站在桃李树下喊娘
娘——您快回来哟——
幺儿想您哟——
四周静悄悄
只有婆婆的拄路棍
发出笃笃笃沉闷的声音
空气里充盈着酸酸甜甜的滋味
布谷鸟唱起快收快割的歌谣
婆婆凸起的脊背已拱成了一座新坟
小麦茂盛的队伍染黄了座座山冈
我站在一棵盛开的桂花树下喊娘
娘——您快回来哟——
孩儿想您哟——
有风走过树林的沙沙声
仿佛婆婆在世时，长长的叹息
桂花忧郁的馨香弥漫了敞开的胸膛
落叶带走了秋天最后的韵脚
一场雪骑着北风跨过了沟壑陡坡
稀薄的空气涂改了模糊的鸟影
我站在山巅，口里呵出团团白雾喊娘
娘——您快回来哟——
儿子想您哟——
山鸣谷应
儿子想您哟——想您哟——想您哟——

想您哟——想您哟——想您哟——
雪如信笺
茫茫思念飘满天地
淹没了回家的路
日子在期盼的惦记中等待
月亮在翘盼中消瘦了一张张脸
茅草房在期待中变成了
一座座高楼耸立的安置点
我站在通往家乡的
宽敞光滑的水泥路上喊娘
娘——您快回来哟——
儿好想您哟——
伙伴们和我鼓足劲一起喊
娘——您快回来哟——儿好想您哟——
娘——您快回来哟——儿好想您哟——
直喊得我们的脖颈长出了硬硬的喉结
嘴唇上钻出一层浅浅的黄绒毛
直喊得喉咙嘶哑，成绩单上一片荣耀
直喊得由南向北的绿皮列车
轰隆隆地开来又开去
娘终于回来了，披一身沉沉的暮色
而我与娘擦身而过
融入陌生的大都市，走上和娘相似的梦

大 坝 塘

大坝塘是一个风景秀丽的村庄

风吹不动大坝塘一身坚硬的骨头

雪压不塌大坝塘耸起的肩膀

雷霆电闪中，大坝塘稳稳当当

如一位身体硬朗精神矍铄的老人

叼着旱烟杆儿坐在八百里任河的脚边上

在陡峭连绵起伏的大巴山怀抱里

大坝塘算是一个较为平坦的地方

不平坦的是大坝塘颠着一双旧时的小脚

走过了岁月漫长凸凸凹凹的章节

在她暗黄的渐行渐远的农历上

大坝塘是充盈眼泪勒紧饥饿的穷窝儿

可我是喝着大坝塘清澈纯净的井水

蹿高了顽皮瘦弱的童年

我是吃着大坝塘少得可怜的苞谷米饭

长出喉结迎来青春期的羞涩少年

我在大坝塘青黄不接与煤油灯熏黑的曾经里

爆出了春天颤巍巍的嫩芽儿

打着年龄的花骨朵儿

绽放草木在贫瘠中本色的倔强劲儿

和一轮月亮打磨得亮亮的心灵

在缺衣少粮的日子里
大坝塘用醇厚原汁味儿的乡音
耕耘着不加装饰的修辞
悬崖上收获自己希望的比喻
用在凛冽中抱着团儿的亲情
抵抗破洞百出饥寒交迫的生活
常常在倒映日月的稀饭中
打捞逼仄境遇中最朴素的哲理
外婆伸出枯叶般的手掌
舀起铁罐里我需要的营养元素
支撑起我蹒跚的脚步
偶尔，我那喜欢上山打猎下河捕鱼的幺舅
打几只野兔，捕几网鱼
为我颓废的肠胃打打牙祭
仿佛把农历年的喜庆拽了回来
大坝塘是长在我身上的一块醒目胎记
每一次触摸都令我血脉偾张
像谁在暗处伸来无形的手臂
将我躁动的心又一次揪出雪花儿般的哀伤
猛然想起我那已经成为雄赳赳军人的老表
在肚腹恰似空空口袋时的突发奇想
如果任河滩边的每一块鹅卵石头
都是香喷喷的白面馒头该有多好？
现在忆起他当初的那一声长叹
那走远的湿漉漉的雨季
刹那间又打湿了我的心空
冷得我直打哆嗦
我至今无法相信
昔日那个弱小的黄牙小儿

是怎样一步一跌地爬过了岁月恓惶高高的屋脊
划一道生命绽放的星光
在野菜喂养的长长履历里
大坝塘生长出醇厚的韵味和传奇
那个学富五车的英俊后生
在新婚之夜就翻墙投身了红色革命
这是我幺外公鲜活的写照
丢下独守空房的幺外婆
把青春年华过成风雨不透的守望
过成一块坚硬冰凉的贞节牌坊
过成忠贞烈女的一段佳话
而我那年过八旬
住在用土坯青石板盖好的新房里的阿婆
一生没有向困难服软一次、低头半分
临死时还在旺盛的红薯地里忙忙碌碌
当她咽下最后一口气的时候
手里还紧紧抓着一个泥巴没有抹干净的红薯
仿佛抓着她一生不能放下奋斗的温饱
我们都学着老人艰难中传递的爽朗
挺立成一棵棵青青翠竹的模样
对着刮过村庄田野的每一次狂飙
拍打着热烈欢快的手掌
如今
亲人们大都站成山岭中的一块块碑石
站成了每年清明节的哀悼与眺望
破破烂烂乾坤颠倒的大坝塘
已经被高楼大厦红砖白墙取代了旧时模样
走在通往大坝塘宽阔光滑的水泥公路上
思绪中浮现出已故亲人们的可亲面庞

满眼满腹满腔都是崇高的敬仰
是谁在记忆枯黄的残卷上
呼唤我烟熏火燎野菜煮汤的乳名
让我阴霾笼罩的远方
倏忽间放射出年少时哭出的阳光

写给紫阳的五封情书

第 一 封

借玫瑰娇艳的象征

喷薄而出爱恋的紫阳

在时光铺下的巨大纸张上

写下字句中燃烧的焰火

无论平仄，无论偏旁

这汉字中折射的光芒与韧性

孵化出花朵与硕果

从破晓的鸟鸣声里

挥洒出对你的千般叮咛、万般祝福

纵然没有多少伟大供我炫耀

没有多少浪漫供我标榜

却从我的肉体灵魂和每一根汗毛中

从与生俱来的方言土语里

勾兑出爱你的浓度

提炼生活需要的盐

第 二 封

经历很多坎坷的曲线

故事的悬崖陡坡上
苦菜花开出雪后的风景
我生活在你流传的《诗经》里
在你道教贡茶的历史风云里
苗壮男儿的风流
顺着你软硬的经纬线
我触摸到黎明的头颅
插满远方更远的羽翼
将许多梦想飞出真实
飞不出的是你无垠的苍穹
是你汉江中的一抹蓝

第 三 封

想你的时候
就饱饮汉江水
而你用翠峰毛尖香茗的化身
偷走了我多少夜晚
让我在失眠中兴奋成一部茶经

我在你的日月星辰里，顾盼流光
你是我盛开在诗歌中的一枝莲
每一瓣洁白
都是一阕《爱莲说》
你抖落我相思的风尘
用金色占领萧瑟的秋天
我每一个冷寂与落寞
都将被你内心汹涌的阳光
攻陷

第 四 封

从悠扬婉转的民歌声里
我捕捉到你前世今生的韵脚
每一粒字词都散发暖人的体温
你风雨中奔跑的语句
都是一纸婚书中闪烁的笑靥
苦难中过滤的隐喻
风雨中淬火的锐利
让每一段故事都在黑夜发亮
无须把座右铭雕刻在石碑上
没必要将海誓山盟念叨在嘴上
一滴泪就浓缩了
对你一生一世的抚慰感叹
一滴血就容纳了所有玫瑰
对你的馨香烈焰
相拥是零的距离
相依是情人的节日

第 五 封

生活在你2204平方公里的版图上
做着丰满你骨血、充盈你元气的梦
长着你的爱恨情仇、荣辱与共
对你的耳鬓厮磨、举案齐眉
都是田野四季放牧烟火的诗行
我每一次畅快的呼吸
吐出的都是你的晨昏朝夕

从光洁美颜的热爱里
走出褶皱破损的皮囊
不改初心的青春
从黑亮的乌丝中
抽出一根根白发永恒地坚守
从水的纯度、土地的丰厚中
我看见更多用生命的轮回
繁衍出爱你的子孙

乡村写意（组诗）

乡村写意

燕子归来

还呢喃着乡村的情节

南来北往的风

已分不清回家的方向

野草们集结着大部队

对老屋发起总攻

记住粗壮的茅草

雄赳赳地跨过大门

腰板儿挺直地站在堂屋

俨然以主人自居

蜘蛛网网满旧时光

我成了局外人

眼睛里的悲悯被城市移民楼群

遮挡了留恋的视线

偶尔从荒野游出一条花蛇

像我三月抬头的乡愁

水 井

水井像张开的一张大嘴

等待水桶扁担话语的喂养

明澈的水如一块玻璃水晶

阳光下闪烁着一圈圈寂寞

有风吹来，井沿边

似乎又回响起孩子们的嬉戏声

陪伴一口井单调寡淡的生活

在城市蜗居着的老人

他们步入黄昏的岁月

会在饱满的记忆中呈现井水的声色

想到动情处，常常从眼角滚落一颗混浊的泪珠

那是一口井里曾经晃荡的一封封简单

却分外令人眼热心跳的情书

石 磨

对石磨的比喻，有时说它

像一轮月亮一轮太阳

转动出日子磨碎的营养

流淌玉米酸酸甜甜的乳浆

飞泻新麦面洁白的雪霜

把一个农家的温馨和畅快

紧紧聚拢，煎炸煮

都在诱人的清香里

借一杯酒，吼出对土地热爱的衷肠

有时候，石磨犹如一张咀嚼岁月的嘴巴

滚动着雷声，响彻着虎威
不停地将粗糙原始的收获与艰辛
粉碎成精细的问候和抚慰
养育了一个个壮大的城市
而今天，闲置一旁的石磨
仿佛我乡下住进城市无所事事的父亲
愁出来的叹息多得像石磨上纵横的沟壑

铁罐，柴火

村民拥入城市
铁罐失业，柴火失业
火塘铁钩成了一个时代的标志
写出粗犷单一日子的墓志铭
而现代生活充斥着五彩斑斓的色素
荤素配置的畜禽蔬菜
埋伏的虚假贪婪野心商机
一不小心让数十人捂住嘴巴，闭上眼睛
煤气灶，电饭煲炖煮不出当初的亲情
只有铁罐里炖着的祝福，柴火上煮着的叮嘱
铁钩上悬挂的惦念依然可以搜寻
那走得还不算太远的乡情

茶树葱茏出旺旺的爱情 (组诗)

茶树葱茏出旺旺的爱情

在紫阳，每一棵茶树都葱茏出旺旺的爱情
每一个老茧，都滋生出对泥土绵长坚韧的牵挂
四季风抽打着古铜色的胸脯，冰雹雷电敲击着强劲的筋骨
内心锻造的泰然与宁静，破解出阴晴圆缺的密码
灵魂里翱翔的期盼，倔强中凿出的通途
把一方土地上的故事，演绎得风生水起，曼妙无比
那些行走在山坡田野上的茶树，以精神的方式
拼搏的方式，汹涌似潮，浩荡如海
一片茶叶，就是一个清香四溢的春天
一朵茶花，洁白了陕南儿女恋乡的情节
那一对对哼唱《郎在对门唱山歌》的伟男秀女
从翡翠绿、玫瑰红的茶色中，领悟苦中回甘的幸福
淼淼汉江，都是他们流淌的痴迷
余味悠长，千年不绝

金钱橘包裹着甜甜的幸福

金钱橘长在紫阳九月的眉心上
像一颗美人痣，点缀季节俏丽的脸庞

这个形似一枚铜钱大小的饱满多汁的水果
灿若满天星斗，站立在陕南的山沟野洼
多像不计较穷困、不嫌弃贫瘠的窈窕仙子
在农庄小院，在悬崖陡坎，安营扎寨
金钱橘收集生活的雨水与汗滴，
浓缩了沧桑岁月的霹雳和雷电
酝酿出爱情的滋味，家园的滋味
捧出红红的小太阳，包裹着甜甜的幸福
为明天更多的圆满吉祥，指明了路径

在民歌声里沉醉一世的忠贞

有逆流险滩的地方，就有吼出的汉江号子
有坡陡路滑的遭遇，就有民歌升腾的婉转悠扬
在故乡，所有的缠绵悱恻与荡气回肠
都会在山歌野调里找到恰当的注解和内涵
民歌把爱情歌咏得甜蜜浪漫、魅力四射
号子把气节颂扬得坚韧不拔、迎难而上
从民歌中走出的俊男秀女们，沉醉了一世的忠贞
那些低回昂扬的曲调，那些像石子一样坚硬的歌词
扔进生活的每一段风雨，便会火星四溅、叮当作响
在岁月阴晴多变的面孔上，每天上演的大戏
都阳光灿烂，鲜花绽放，硕果飘香

我用36摄氏度体温焐热故乡的山水

面对故乡，我不能让密集的情语泛滥成灾
一杯富硒茶烹煮的情愫，苦涩中氤氲出缕缕香甜
无须油腻肥厚堆积起，我给予一草一木的忠诚

青菜萝卜的素淡，翠竹青松的品性

剔除狭小的儿女私情，拓展了情感广阔的天空

我用36度摄氏体温焐热家乡的山水

每一个沉浮的营养分子，每一个生长的健康细胞

都浸透着一个陕南汉子朴素的眷恋

每一次挥手告别，惆怅就长高一丈

每一次远道归来，离殇就缩短一尺

怀里揣着故乡，一行行遣词造句，妙语华章

始终道不尽我一腔赤诚，九曲回肠

一首情诗又岂能承载起爱的重量？

从一把泥土、一朵鲜花、一筐果实里

你都会感知我对生养的大地，快乐的亲吻与拥抱

家乡的金钱橘

家乡的金钱橘

让我用一枚铜钱

说出你饱满浑圆的形状

用孩子的欢笑

说出你可爱的、胖嘟嘟的脸庞

春天里的雨水

浓缩你酸涩的诗行

夏天的雷霆

过滤你蜜汁的辞章

从汉水之滨，到秦巴腹地

从原汁原味的方言土语

到民歌的婉转、悠扬

我听到你疼痛中吼出的爽朗

迂回中挺进的刚强

从父亲的皱纹里，播种葱郁的希望
从母亲的眼波中，飞翔丰硕的向往
从无数阴晴圆缺的段落里
捧出紫阳——
骨头中雕刻的信仰
汗珠里淌出的吉祥
哦，家乡的金钱橘
你吐纳绿水青山的珠玑
你高举秋天金色的小太阳
为所有黑夜吞没的路径
指认通往黎明的方向

说一场丰收的事情

请叫醒沉睡的镰刀

在晨曦还没有从鸡鸣声里

唤出清晰的笑靥之前

顺着桂花馨香四溢的方向

看漫山遍野

起伏着庄稼的波峰浪谷

掀起层层金色的海洋

嬉笑着说一场丰收的事情

这立体的画卷

风已翻疼了伸长的手指

大地胎宫的分娩

响彻婴儿们嘹亮的啼哭

小麦水稻玉米的颗粒

脸贴着脸

重重叠叠着饱满的慈善

让凯旋的车辆减速

粮袋们大腹便便

挤挤挨挨横躺着

说一段风调雨顺的典故

此刻

疲惫伸了伸惬意的懒腰

汗滴结晶出大小图案
那是收获的一枚枚勋章
而从那些阡陌似的皱纹里
我瞧见散发着人的体温
亲密无间的粮食们
正沿着粗糙厚茧的掌纹
在悬崖陡坎上集合
在云雾深锁的深山里列队
它们小跑着
纷纷涌向通往喜悦的高潮

我的两个农民兄弟

我的两个农民兄弟
一个去了外地，挖煤
煤炭没有把他染黑
却让他成为一个点灯的人
他一路走，一路发着更多的光
我的两个农民兄弟
一个在家里种地
太阳把他变得黝黑
在一层层盛开的盐花里
他抚摸到了丰收的肩头
漫山遍野的庄稼
金黄地嬉闹着，亲切地跟他打着招呼
他请来乡邻，车拉肩扛
把它们迎回家去
像举办一场隆重的婚礼
看喜庆从大门中，挤进挤出

桥儿沟，我把一首诗丢在那里 (外一首)

是静谧中的神秘，是神秘中的静谧
披一身朦胧的月色，探幽在桥儿沟的景致里
听桥上的风，吹奏古色古香的神韵
看桥下流水淙淙，演绎明清的婉约
三百多级青石板石梯，陈述着古井、庭院
亭阁的奥妙。用岁月的遗迹点亮一方的戏曲
在桥儿沟长长的街巷里
空气中仿佛弥漫着丁香般犹豫缠绵的诗句
那红彤彤的灯笼一定闪烁仙子的眼眸
俘获了南来北往的男女，风骚的歌吟
漫步在桥儿沟一幅淡墨浸润的写意里
我的情是小心翼翼的，我的意是羞涩怯懦的
我生怕自己不恰当的隐喻
惊醒了闯王傲慢的马蹄 篡改了发黄的历史
然而，面对韵味十足的桥儿沟
我还是把一首诗歌丢在了那里
好让后来的大方之家在我的抒情里
添加现代的元素与点睛之笔

在群力村看盛开的桃梨

不知是群力村的梨花吵醒了春天
还是烂漫的春天唤醒了梨花的笑靥
在群力村，每一树桃梨都是一树故事
每一树故事都怒放着一个地方的传奇
那传奇从消瘦的往昔繁衍了今日壮举
一个从崖壁从骨骼挺起的富庶
一个从咬紧牙关的信念中过滤的倔强
放大了白河一本厚厚的县志
曾经宁折不弯的拓荒之力
浓缩成津津有味的"三苦"精神
至今风靡了神州精准脱贫的字词

牵　绊

记忆还在唇上发烫
散发庄稼久久不散的余香
粮食的温度总会止住我成长的心慌
山河依旧　那些泥土中茂盛的乡愁
在季节的风雨中哭泣
蟋蟀　螳螂　蚂蚱　知了的表演
葳蕤了野草们疯狂的岁月
淹没的路径
没有一条可以通向故乡
曾经开满盐花花的背影
在城乡安置点的广场上
转悠着无处放置的牵绊

失落的乡愁

搬进了高楼大厦

父亲在没有鸡鸣的夜晚

常常失眠

像出国旅行倒不过来的时差

在钢筋水泥砖头码成的森林里

无法放飞父亲青葱金黄的梦想

父亲把享福的日子过成一片灰霜

望着高楼，他的思绪拧成了疙瘩

父亲感叹，看不见自己亲手种植的庄稼

人老得更快

可老家早已夷为平地

故乡变成我出生时的一颗痦子

偶尔用手一摸才会想起

当我让出宽大的阳台，让出花盆，运来泥土

父亲眼睛发亮

似乎找到了他消失多年的兄弟

父亲撒上玉米辣椒黄瓜的种子

用温暖厚实的手掌唤醒失落的乡愁

在文笔山，我用手机拍下紫阳（组诗）

在文笔山，我用手机拍下紫阳

在文笔山，我用手机拍下紫阳
一城的山光水色在我心头荡漾
留存在记忆中的照片，一天一个崭新模样
张伯端在云端舞动宽大的袍袖
便有了紫气东来，阳光普照
便有了一个以道教命名的县城
一位真人用传奇的故事
馈赠了一座小城祥瑞朵朵、福气泱泱
楚楚可人伫立在茶马古道上
古韵酣畅，千古留香
满山的茶香，氤氲起沁人心脾的浓郁气息
让游客记住紫阳"茶色可餐"茶味醉人
鸟声在山林云雾深处鸣笛吹箫
与婉转悠扬的民歌伴唱时代的交响
白鹤在江畔吐纳出陕南的方言土语
硒哥硒妹在阳光风雨的交织细节中
分解着爱的方程，爱的浪漫
月色溶溶，刚柔并济

在紫阳阁看风景

在紫阳阁看风景
阳光与我快乐地交谈，微风揣摩着我的心事
内心敞亮的修辞，适合为家乡写下歌咏的诗行
肌肤上爬满的清香，是茶和金钱橘卓尔不群的品质
江水腾跃在崇山峻岭，汹涌出一座城的文化含量
晨钟敲击出一阕阕新词，暮鼓擂响铿锵的曲调
那些高楼大厦耸立起现代文明的骨架
那些土坯青石瓦房，用地域特色的方式
让你在民居风俗中，窥探历史的蜕变
每一次转身，都有灿灿勋章缀满胸膛
都有欲说还休的喜悦，叫人百感交集、热泪盈眶

来山城紫阳游玩

你可以先品读贾平凹的《紫阳城记》
沿着游记的段落，寻觅一座城的抑扬平仄
从曲里拐弯的石梯上，踩出别有洞天的气象
那个叫李春平的本土青年作家
用他的生花妙笔，笔耕不辍
让自己与一个县城走出了一身骄傲、一身荣光
从他的一部部小说里，你可以印证
一方水土的博大精深，宽厚善良
与苦难亲吻，与收获拥抱

从乌云雷霆的缝隙，裁剪朝霞彩云的华裳
抖落征程上的荆棘与艰险的困扰
用方英文的《紫阳腰》舞动出时代的风骚

清香的地名

漫山遍野的茶叶，青香了故乡的地名
茶叶的清香袅袅升腾，将紫阳的名字带得更远
很难想象，一片片春雨沐浴、阳光润泽的茶叶
唤醒了一个庞大的黑夜，让思乡的瞌睡丢盔弃甲
而在民歌声里长大的父亲，在日日月月的茶的沁润中
吸收了茶的品性，在生活的沸水里浸泡
挺立的姿势，都是一棵棵清明的茶树
让富硒的元素，融化命运的癌变
并将时间里磨砺的青春，在茶气氤氲的平仄上
通行成一张跨州过县、走南闯北的茶票

一抬眼就看见了乡愁（外一首）

搬进了乡镇集中安置点
高楼大厦的雄伟替换了低矮的土坯房
离土地越来越远，离寂寞越来越近
日子慵懒重复着慵懒，偶尔听到布谷鸟的叫声
时间突然打了个趔趄，让亲情在眼眶里火辣
人情只一墙之隔，却如一条看不见的鸿沟
来自野外的一丝风儿，总会掀动薄脆的哀伤
街道上热卖的新鲜菜蔬，总解不了想家的饥渴
只有在每天早晨，习惯性地打开窗户，迎面涌来的群山
叫人一抬眼就看见了乡愁

泥土上的思乡依旧在汗水里繁茂

如同一场做不醒的梦
始终走不出通往老家的那一条羊肠小路
房门上雕刻的两个福字，如两个悬着的胆魄
被现代的飓风，改变着当初的颜色
露珠收获了眼泪，在石缝里开出芬芳的花朵
张开的掌纹，扩展出庄稼的版图
时间摁响了古朴的方言，在一株禾苗上唱出扬花的修辞
泥土上的思乡依旧在汗水里繁茂

安置在高楼大厦中，越来越城市化的乡愁
常常被一本破旧的户籍簿翻痛

一场雪带着新冠病毒落到紫阳

一场雪
带着新型冠状病毒
落到我的家乡紫阳
让一个传统节日
突然冻结
除夕夜
提前结束的假期
让我的领导同事、朋友邻居
医生护士、党员干部
这些名词变成一个个奔跑的动词
纷纷返回各自的岗位
在铁路公路的进出口
昼夜坚守南来北往的危险
他们用口罩的武装
体温的监测
防御病毒的杀伤与扩散
用隔离留观，劝返驱散
缩小自身放任的自由
为更多生命
把安全的空间拓展
一些逆行者的身影

怀揣着紫阳的名字
不远万里，奔赴武汉
为这座英雄的城市
写下陕西紫阳儿女
青春的籍贯

一盏茶里的时光

故事在紫阳茶香里袅袅升腾
许多隐忍在纵横的笔尖
寻觅严冬的暖阳
那个跟随我
二十多个春秋的茶妹子
总是让我在命运凛冽的港湾
抵达玫瑰盛开的码头
并用诗歌的修辞丰润我一生的内容
时光飞逝
青春又老去了几根骨头
不老的是写给故乡的
每一行文字的偏旁
从一壶毛尖
氤氲而出的光阴里
我品尝到苦尽甘来的哲学

后　记

　　距离出版我的第一本诗集《雨弦风笛》已经过去了九个年头，本不打算再出什么书了，一来自己不是名人，书出来了不好卖；二来出书手续太麻烦了，审核更加严格，周期太长，所以作罢。

　　有幸的是，紫阳县财政局、紫阳县文化和旅游局倾力支持，中共紫阳县委宣传部、紫阳县作家协会牵头，要组织出版一套"紫阳文学丛书"。机不可失，时不再来。趁此机会，我把自己近几年写的长长短短的诗句精挑细选，辑成这本集子，忝列其中，算是对自己的诗歌创作又一个阶段进行的总结、回望和再一次检阅吧！

　　这些诗歌皆是有感而发，思索成句。虽然没有几首在全国文学核心期刊亮相，但都是本色文字。好坏都是自己独守寂寞、夜半挑灯而分娩出的诗歌婴儿。丑陋瘦弱或者美丽壮硕，都留有叶氏的标记符号，喷涌出了自己的精血；喜怒哀乐，触景生情，就是写成所谓诗歌的缘由。文学创作不光依靠个人的勤奋，还需要自己对客观事物的领悟、把握、理解和不一样的表达。诗歌创作年代长的人，如果对诗歌的把握及天赋落俗，同样写不出几首脍炙人口、流芳百世的作品；而仅仅写诗一年半载的人，也可能会遍地开花、颇受青睐。正如中文系毕业的学生，不一定都能写一手好文章一样。文学创作不是人人都累累硕果的。只有勤奋加上天资聪明，你才有望成龙成凤，否则终将落入平凡普通，默默无闻之列。

　　我渴望一鸣惊人，但更看重顺其自然。有生之年，只要还有能力抒写，我依然会佯装一回诗人。如果，我抒写的一行行长短诗句，会带给读者朋友一些小小的愉悦、触动、共鸣，我的目的也就达到了。感谢我尊敬的读者朋友在我的诗行里驻足、小憩。即使匆匆一瞥，也会令我感动。我在陕南安康紫阳的天空下，向您行注目礼。

最后，要真诚地感谢对这套"紫阳文学丛书"的出版给予大力支持的紫阳县委、县政府，以及为其付出努力的各部门领导和文友们。同时，也要祝愿一切热爱书籍的读者朋友岁月静好，好运常来！

陕南瘦竹

2022年9月